JN210264
ブレイブウィッチーズ
BRAVE WITCHES
プリクエル
Prequel
Симада Хумикане & Projekt World Witches
Мир подвергся нападению таинственных сил, которые неожиданно появились. Только девушки, у которых есть магия, могут бороться с ними. Они устанавливают оружие в собственном теле, ивоюют в небе, на земле и на море. Бои девушек, которые защищают мир сейчас.

管野直枝

Лейтенант
Наое Канно
Место рождения : ГФусо　Рост : 149см　Фамильяр : бульдог

階級	少尉
出身	扶桑皇国
原隊	扶桑皇国海軍 343航空隊
身長	149cm
誕生日	9月23日（14歳:1944年7月時点）
使い魔	ブルドッグ
固有魔法	圧縮式超硬度防御魔方陣（超硬シールド） シールドを圧縮させて強度を高める事で、素手や体当たりなどの肉弾戦でもネウロイを倒すことが出来る。
使用機材	零式二二型甲
使用武器	九九式二号二型改

勇猛果敢な武闘派で、「敵は大きいほど落とし甲斐がある」が持論のドッグファイター。敵に肉薄する戦い方を好み、ストライカーユニットを頻繁に壊すことから「デストロイヤー」の異名で呼ばれている。言葉遣いは乱暴で、自分のことを「オレ」と呼ぶが根は素直で感情をすぐ表に出す。趣味は読書で、短歌や詩をたしなむ文学少女な一面もある。

502-го Объединенного Истребительного Крыла

雁淵孝美

Старший лейтенант
Такaми Карибучи
Место рождения : Фусо　Рост : 164см　Фамильяр : Фусо журавль

階級	中尉
出身	扶桑皇国
原隊	扶桑皇国海軍 第22航空戦隊 第253航空隊
身長	164cm
誕生日	10月22日（17歳:1944年7月時点）
使い魔	丹頂鶴
固有魔法	魔眼 若干の誤差はあるが、広範囲で範囲内全体のネウロイのコアの位置を遠距離から見抜くことが出来る。
使用機材	試製紫電改二
使用武器	S-18対物ライフル

ひかりの姉で、扶桑エリートクラスのエースウィッチ。柔らかな顔立ちをしているが、卓越した操縦技術と魔眼の能力を持ち、誰よりも先に吶喊して的確に敵を撃墜する。人格にも優れ、階級を気にせず誰とでも仲良くなることができ、どんな苦境にあっても明るい笑みを絶やさず周囲に希望を与え続ける。妹のひかりのことをとても可愛がっている。

502-го Объединенного Истребительного Крыла

ヴァルトルート・クルピンスキー

Старший лейтенант

Вальтруда Крупински

Место рождения : Карсланд Рост : 175см Фамильяр : Веймаранер

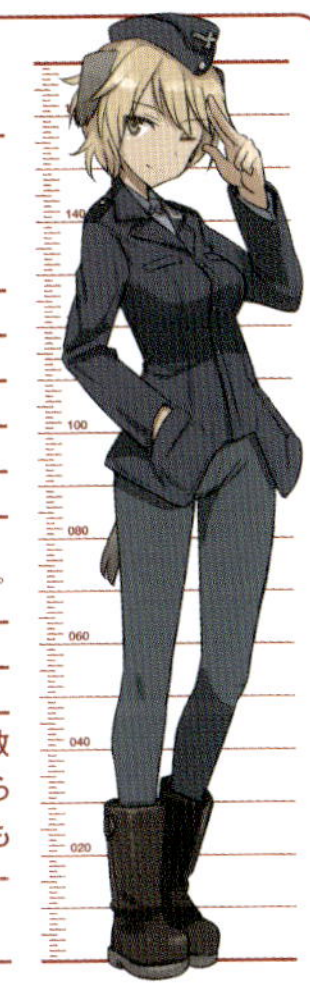

階級	中尉
出身	帝政カールスラント
原隊	カールスラント空軍 第52戦闘航空団 第7中隊
身長	175cm
誕生日	11月11日（17歳:1944年7月時点）
使い魔	ワイマラナー
固有魔法	マジックブースト 魔法力を一気に放出する事で、瞬間的に超加速を得る。ユニットへの負担が大きいので滅多に使用しない。
使用機材	メッサーシャルフBf109G-6
使用武器	MP43

502部隊の中心的エースで、カールスラントのウィッチのなかでも撃墜数はトップクラス。年齢の割には大人びた物腰と言動を持ち、細かいことに拘らない楽天家。酒好き、女好きの享楽主義者で、冗談で「伯爵」と呼ばれることもある。頻繁にユニットを壊すことから、管野、ニパとともに「ブレイクウィッチーズ」の一員として数えられている。

ニッカ・エドワーディン・カタヤイネン

Старший сержант

Никка Эдвардина Катаяйнен

Место рождения : Суоми Рост : 160см Фамильяр : Фретка

階級	曹長
出身	スオムス
原隊	スオムス空軍 飛行第24戦隊 第3中隊
身長	160cm
誕生日	5月31日（15歳:1944年7月時点）
使い魔	雪イタチ
固有魔法	超自己回復魔法 自身への驚異的な回復能力（他者への治療はできない）
使用機材	メッサーシャルフBf109G-6
使用武器	MG42

スオムスのトップエースのひとりだが、トラブルによって機体を壊すことが多い不幸体質で、「ツイてないカタヤイネン」の異名を持つ。何事にも前向きかつ一生懸命で、故郷のために頑張りたいという思いが強い。その真っ直ぐな性格から周りが見えなくなることもあり、イタズラなどにはよく引っかかる。通称は「ニパ」。

グンドュラ・ラル

Майор
Гундула Ралль
Место рождения : Карсланд　Рост : 169см　Фамильяр : Волк

階級	少佐
出身	帝政カールスラント
原隊	カールスラント空軍 第52戦闘航空団 第3飛行隊
身長	169cm
誕生日	3月10日（18歳:1944年7月時点）
使い魔	狼
固有魔法	偏差射撃 発射から着弾までのタイムラグの間に目標がどう動くかを予測して正確に射撃することが出来る。
使用機材	メッサーシャルフBf109G-6
使用武器	MG42

502部隊を率いる、サバサバとした姉御肌の隊長。自分にも他人にも厳しい現実主義者だが、人物観察眼に優れ、信じた部下の意見は尊重する。ウィッチとしての実力も非常に高く、撃墜数はクルピンスキーをしのいで世界第3位である。カールスラント撤退戦において重傷を負ったことから戦闘に参加することは少なく、普段はコルセットを着用している。

502-го Объединенного Истребительного Крыла

アレクサンドラ・I・ポクルイーシキン

Капитан
Александра Ивановна Покрышкина
Место рождения : Оруссия　Рост : 158см　Фамильяр : Полярный медведь

階級	大尉
出身	オラーシャ帝国
原隊	オラーシャ陸軍親衛 第16戦闘機連隊
身長	158cm
誕生日	3月6日（16歳:1944年7月時点）
使い魔	ホッキョクグマ
固有魔法	映像記憶能力 一度見たものを正確に記憶できる。
使用機材	MiG i-225
使用武器	DP28軽機関銃

オラーシャトップエースのひとりであり、映像記憶能力を持つことから整備や戦術理論にも長けている。優等生的な真面目な性格で、若くして戦闘隊長を任されたことにプレッシャーを感じながらも人一倍頑張る苦労人。その心配性がこうじて、ユニットを頻繁に壊す管野やニパ、クルピンスキーらに厳しくあたってしまうことも。通称は「サーシャ」。

502-го Объединенного Истребительного Крыла

エディータ・ロスマン

Старший сержант
Эдита Россманн
Место рождения : Карсланд　Рост : 151cm　Фамильяр : Лисица

階級	曹長
出身	帝政カールスラント
原隊	カールスラント空軍 第52戦闘航空団 第4中隊
身長	151cm
誕生日	1月11日（19歳:1944年7月時点）
使い魔	キツネ
固有魔法	不明
使用機材	メッサーシャルフBf109G-6
使用武器	フリーガーハマー（寒冷地仕様）

502部隊の新人教育係。幼少時の大病により身長は低いが部隊最年長で、隊員からは「先生」と呼ばれている。自身の戦果も多いが、生徒が自分を超えていくことをなによりの楽しみとしている。教え上手だが怒ると恐い厳しい教師。戦場以外では享楽家の面もあり、貴重な食材確保のために奔走するなど、楽しく生きるための努力は惜しまない。

下原定子

Лейтенант
Садако Симохара
Место рождения : Фусо　Рост : 160cm　Фамильяр : Фусо заяц

階級	少尉
出身	扶桑皇国
原隊	扶桑皇国海軍遣欧艦隊 第24航空戦隊 第288航空隊
身長	160cm
誕生日	5月7日（17歳:1944年7月時点）
使い魔	扶桑ウサギ
固有魔法	複合魔法視力
使用機材	零式艦上戦闘脚二一型
使用武器	九九式二号二型改

扶桑出身のウィッチで、坂本少佐の指導を受けて育った。真面目で大人しい性格だがなんでもそつなくこなし、誰とでも仲良くなることができる。学者の家系で座学に優れ、さまざまな知識を持っている。料理が得意で、502部隊の台所とジョゼの胃袋は彼女が握っている。小さくて可愛いものを見ると思わず抱きついてしまう癖がある。

ジョーゼット・ルマール

Лейтенант
Жоржетта Лемер
Место рождения : Галлия　Рост : 156cm　Фамильяр : Персидская кошка

階級	少尉
出身	ガリア共和国
原隊	ガリア空軍第4連隊 第1戦闘ウィッチ大隊 第一飛行隊
身長	156cm
誕生日	11月16日（16歳:1944年7月時点）
使い魔	ペルシャ猫
固有魔法	治癒魔法
使用機材	VG.39bis
使用武器	DP28軽機関銃

真面目で控えめ、流されやすい性格だが、空では粘り強い防御的戦闘を得意とする。魔法力の燃費が悪いことからいつも空腹で、料理上手な下原と仲が良い。掃除やベッドメイクなどが好きで、邪魔をされると普段からは考えられないほどの剣幕で怒り出すことも。治癒魔法を使うと身体が熱くなる特異体質を持っている。通称は「ジョゼ」。

Старший лейтенант
Вальтруда Крупински
Место рождения : Карсланд
День рождения : 11 ноября
Рост : 175см
Фамильяр : Веймаранер
ヴァルトルート・クルピンスキー 中尉
原隊はカールスラント空軍第52戦闘航空団第7中隊中隊長。オストマルク防衛戦、カールスラント撤退戦、バルバロッサ作戦で目覚ましい戦果をあげた、カールスラント空軍が誇るトップエース。

Старший сержант
Никка Эдвардина
Катаяйнен
Место рождения : Суоми
День рождения : 31 мая
Рост : 160см
Фамильяр : Фретка
ニッカ・エドワーディン・
カタヤイネン 曹長
原隊は高い練度、通信機を使用した優れた連係
攻撃によって多くのエースウィッチを輩出した
スオムス空軍第24戦隊。傷ついた仲間を守る
勇敢さを備え、スオムスでも5指に入る撃墜記録を
あげエースの仲間入りをした。

「なんだなんだ!?」
「朝だよ、直ちゃん。昨晩は楽しかったよ」

ブレイブウィッチーズPrequel（プリクエル）

オラーシャの大地

原作：島田フミカネ&Projekt World Witches
著：築地俊彦

角川スニーカー文庫

20031

illustration:島田フミカネ　櫛灘ゐるゑ

design work:沼　利光（D式　Graphics）

ХРАБРЫЕ ВЕДЬМЫ
ПРИКВЕЛ
Симада Хумикане & Projekt World Witches

ОГЛАВЛЕНИЕ

第一章 1 ГЛАВА — 檻の中の三人 007

第二章 2 ГЛАВА — 賭け金はチョコレート 074

第三章 3 ГЛАВА — 扶桑からの手紙 120

第四章 4 ГЛАВА — 出撃と墜落 165

第五章 5 ГЛАВА — 激突OX−1 225

あとがき ПОСЛЕСЛОВИЕ 292

イラスト：島田フミカネ、櫛灘ゐるゑ
Illustration : Humikane Shimada / Wirue Kusinada
design work : Toshimitsu Numa（D式 Graphics）

GHTER WING
Майор
Гундула Ралль
Место рождения : Карсланд
День рождения : 10 марта
Фамильяр : Волк
Капитан
Александра Ивановна Покрышкина
Место рождения : Оруссия
День рождения : 6 марта
Фамильяр : Полярный медведь
Старший сержант
Никка Эдвардина Катаяйнен
Место рождения : Суоми
День рождения : 31 мая
Фамильяр : Фретка
Лейтенант
Наое Канно
Место рождения : Фусо
День рождения : 23 сентября
Фамильяр : Бульдог
Старший лейтенант
Вальтруда Крупински
Место рождения : Карсланд
День рождения : 11 ноября
Фамильяр : Веймаранер
Старший сержант
Эдита Россманн
Место рождения : Карсланд
День рождения : 11 января
Фамильяр : Лисица

ХРАБРЫЕ ВЕДЬМЫ
ПРИКВЕЛ
Симада Хумикане & Projekt World Witches

ИСТОРИЯ

1930年代、欧州を中心に突如出現した人類の敵“ネウロイ”。
通常の兵器による破壊が困難なネウロイに対抗できるのは、
ウィッチと呼ばれる、特殊な魔法力を持った
少女たちだけだった…。

猛威を奮うネウロイに対して連合軍は少女(ウィッチ)たちを
ペテルブルグに招集し、反攻作戦を計画する。

人類の希望を背に、勇気あるウィッチ達が、
オラーシャの冬天を駆け巡る。

ХРАБРЫЕ ВЕДЬМЫ ПРИКВЕЛ

Симада Хумикане & Projekt World Witches

МИР

1 Фусо 扶桑皇国
2 Либерион リベリオン合衆国
3 Британия ブリタニア連邦
4 Галлия ガリア共和国
5 Карсланд 帝政カールスラント
6 Романия ロマーニャ公国
7 Оруссия オラーシャ帝国
8 Суоми スオムス

Европа

第一章
ГЛАВА 1

ХРАБРЫЕ ВЕДЬМЫ ПРИКВЕЛ
Симада Хумикане & Projekt World Witches

檻の中の三人

それは一九三九年にさかのぼる。

どこからともなく出現し、空と大地を覆い尽くした異形の存在によって、欧州は一斉に攻撃を受けた。どんな生態をして、どんな目的があって攻撃してくるのかはまるで分からない。ただ人間と見れば無差別に攻撃するこの存在はネウロイと呼ばれている。

ネウロイが人類に全面攻撃をふっかけたのは一九一四年に続き二回目。あのときは信じられない損害と信じられない戦費をもたらした。なので今度は人類も準備をしていたのだが、厄介なことにネウロイは奇襲効果と電撃的な進軍という手段を会得しており、数も人類の想定よりずっと上回っていた。

戦争の天秤は相手の予測を裏切る側に傾くと相場が決まっている。人類の用意していた兵器群はネウロイの大軍に後から後から飲み込まれ、気づいたら欧州は過半がその支配下に置かれた。

ネウロイの攻撃は欧州からアジアにまたがる大国、オラーシャ帝国にも及ぶ。この国は広大な国土とそれにふさわしい人口を擁しているのだが、戦いはやはりネウロイが優勢だった。国土の西半分はなすすべもなく蹂躙され、帝国第二の都市ペテルブルグにもその矛先は向かっていた。

ペテルブルグは帝国皇帝ピョートルが先頭に立って作りあげた大都市だ。交易、産業の要衝として繁栄を続けていた。この地を手放すことはオラーシャにとって大打撃となりうる。住民は半狂乱になりながら陸路と海路を使って避難し、軍はネウロイの矛先を鈍らせるのがせいぜいといった有様だった。

だが陥落寸前、全てをなげうった反撃によってネウロイは撃退される。この反撃の中核となったのが、武器を手にした少女たちである。ストライカーユニットと呼ばれる魔力を増大する装置を身につけ、縦横無尽に飛び回り、ネウロイを倒していったのだ。

彼女たちこそがウィッチ。ネウロイに対抗できる、ほとんど唯一の存在だ。

ウィッチたちの活躍でペテルブルグは踏みとどまった。さらに各国政府と軍は、オラーシャ解放とネウロイ殲滅のために、多くのウィッチを集結させ、反撃作戦を実施する。だが前線補給の困難から作戦は中止。激戦を繰り広げたウィッチたちも帰還した。

その後人類による反攻作戦の中心はブリタニア方面に移行する。ペテルブルグは二次的な立場に置かれることとなり、新聞などで触れられることも少なくなった。

それでもネウロイに屈したわけではない。異形の物に蹂躙された大地を取り戻すために、人類は爪を研ぎはじめた。やがておこなわれるはずの大規模な反攻作戦のため、少女たちは再びペテルブルグに集められようとしていた。

＊　　＊　　＊

一九四三年、初冬。オラーシャ帝国ペテルブルグ市。

管野直枝は鉄格子を蹴飛ばした。

地下に鈍い音が響き渡る。格子は頑丈なので傷一つつかなかったが、音だけは戦略爆撃機の飛行音並みに賑やかだ。もし周囲で白河夜船を決め込んでいる人間がいたら、確実に飛び起きるだろう。彼女はブリタニアにまで届けとばかり、もう一度蹴った。

「おい、いるのは分かってんだよ！　返事ぐらいしろ」

一階への階段脇に常駐しているはずの監視兵はのぞき込みもしない。乱闘で逮捕された人間の言うことなど聞く必要ないと思っているのか、はたまたウォトカで泥酔しているのか。

「こんな辛気くせえとこに閉じこめてねえで、さっさと出しやがれ！」

直枝は腹立ち紛れに、今度は足を痛めない程度に加減しつつ鉄格子を蹴飛ばした。

「けっ」

直枝は壁に設置されているベッドに腰を下ろす。

「久しぶりのペテルブルグだってのに、いきなり留置所とはついてねえぜ」

悪態をつくと飛行服を脱ぎ、乱暴に丸めてから枕代わりにして横になった。

元ペテルブルグ警察ボロヴァヤ署の留置所は、染みとひび割れだらけの天井で彼女を歓迎していた。

管野直枝は十四歳。扶桑皇国海軍所属の立派なウィッチだ。身長は百四十九センチと小柄。ツリ目気味でいつも身体に生傷を作っており、少女というより少年のような顔つきをしていた。

扶桑出身だが欧州で戦い続けてきたウィッチである。遣欧艦隊の一員として派遣され、反撃作戦にも参加した。この小柄な扶桑人の姿はひと目を引き、しばしば報道写真の対象にもなっている。

戦いののち扶桑本国に帰国していたが、短期間で欧州の地に呼び戻された。だがペテルブルグに降り立った途端、騒ぎに巻き込まれ、こうして留置所のお世話になっている。留置所の大きな房には直枝一人しかいない。避難民が続出し人口が激減したペテルブルグは、ここのように使われなくなった建物が多く、いくつかは軍が借り上げている。そのためこのような使い方ができた。

彼女は天井に向けて白い息を吐く。留置所備えつけのベッドはただ固いだけで、横幅の広い長椅子となんら変わりはない。眠ろうとしたが背中が痛くてそれどころではなく、彼女は何度も寝返りをうった。

こんこんと音がする。

気のせいかと思ったが、どうもそうではない。音は彼女の右側にある壁の向こう、隣の房から聞こえていた。鉄格子を叩いているようだ。

呼んでいるのだろうか。直枝は面倒くさいので無視をする。放っておけばいずれ止むだろうと考えたのだ。だが音は延々鳴り続け、根負けした彼女は隣に向かって言った。

「なんだ、うるせえぞ」

「ようやく返事してくれた」

綺麗な声が聞こえてきた。

声の高さからいって女性だが、しっかりした芯があり、まるで声楽家のようだ。特に根拠はなかったが、直枝は「背が高いんだろうな」と思った。

とりあえず言葉を返す。

「なんの用だ」

「退屈なんだ。相手をしてくれないかな」

「知るか。こっちはいらいらしてんだ」

直枝としては話を続けるつもりがなかったのだが、相手はお構いなしに訊いてくる。

「どうしてこんなとこに入れられたんだい？」

「ほっとけ」

「それくらいいいじゃないか」

「喧嘩だよ。よくある話だ」

彼女は寝転がりながら言った。

「ペテルブルグに着いたら陸の兵隊が、報道の女にちょっかい出してたんだよ。嫌がってたから止めに入ったら、あの歩兵どもこっちを舐めやがって。そのあとは……ま、いいじゃねえか」

「ああ、あれは君だったのか」

隣の人物は笑い声を上げていた。

「通りで喧嘩がはじまったから見てたら、色んな人間がやってきてすぐ大騒ぎになったよね。誰がはじめたのかって思ったんだ」

「いいじゃねえか。あんたは？」

「その喧嘩に巻き込まれた」

直枝は口をつぐんだ。飛んできた憲兵が喧嘩に関係した人間を手当たり次第に捕まえたのだが、その中の一人らしい。直枝のせいと言えないこともない。

「悪かったな」

「いいよ、こういうところも久しぶりだ」

隣の人物は答えた。留置所に入れられたのは今回がはじめてではないようだ。四角四面な性格ではないと見える。

会話を終わらせようとして、ふと直枝は考えた。自分がわざわざ使われていない警察署の留置所に送られたのはウィッチだからだ。一般の兵隊と一緒にならないよう配慮されたのである。だとすると、隣の女も同業者ではないか？

「あんた、ウィッチか？」

「うん」

隣はあっさりと認めた。

「君は扶桑の管野直枝だろう」

直枝はベッドから半身を起こした。

「なんで知ってんだ」

「扶桑からの遺欧艦隊(かんたい)だけでも珍(めずら)しいのに、東部戦線で戦ったウィッチで、しかも可愛(かわい)い娘(こ)なんだ。そりゃ知ってる」

「可愛いってなんだよ」

「君のこと」

隣の人物は楽しそうに言った。言い慣れた口調だ。

「扶桑の海軍航空隊所属の中でも協調性のかけらもない一匹狼(いっぴきおおかみ)って噂(うわさ)は本当？」

「それ言ったやつを教えろ。ぶっとばしてやる」

「やっぱり本当なんだ。でも腕(うで)は一級品だって聞いた。扶桑の誇(ほこ)るエースウィッチだって」

誰が聞いても褒(ほ)め言葉だったが、直枝は面白(おもしろ)くなさそうに、再び横になった。

「忘れてくれ」

「冷たいなあ」

「どんだけネウロイぶち墜(お)としても、後から後から湧(わ)いてきやがる。この前の作戦じゃ結局オラーシャ解放もできずに後戻り(あともど)だ。役立たずに毛が生えたようなもんだ」

軽く目をつむる。目蓋(まぶた)の裏には、どんよりとしたオラーシャト空での、激戦がまざまざと甦(よみがえ)っていた。

次から次へと来襲(らいしゅう)する大型ネウロイと小型のネウロイ。空を埋(う)め尽(つ)くさんばかりの異形の集団。敵も味方も片端(かたはし)から落ちていき、それでも決着はつかない。直枝たちはじりじりと押されていき、かろうじてペテルブルグだけを保持しているのだ。

隣の女性が言う。

「僕たちが希望の星だって言ってる人は多いよ」

「希望の星とやらも落っこちそうだ。空飛ぶだけの能なしって言われたことあるぞ」

「そりゃすごいな」

「一部当たってるから始末に負えねえよ」

一般的にウィッチは尊敬されているが、中には働きぶりを非難する人間も存在する。直枝はそれを無理もないと思っていた。

人類はネウロイ撃退(げきたい)という点で一致(いっち)しているものの、個人レベルでは様々な思いが渦巻(うずま)いている。ネガティブな感情を抱(いだ)いているものも当然おり、特に故郷を奪(うば)われた人間に顕著(けんちょ)であった。

隣の女性はしみじみと言った。

「長い戦争だからねえ」

「市民に文句言う権利はあるよ。ま、次ネウロイに出会ったら、一匹残らずぶっ潰してやるけどな」

寝転がりながら拳を握りしめた。

彼女は扶桑の兵学校を出て以来、一貫して「ネウロイを倒す」ことを信条にしている。これはなにがあってもぶれることはない。長く厳しい戦いの中で、士気を高く保っていられる理由であった。

「で、そっちのあんたは？」

「クルピンスキー。ヴァルトルート・クルピンスキー」

「士官っぽいな」

「階級は中尉」

「へえ。オレは少尉」

ウィッチも軍人なので階級はあるが、彼女たちの中ではそれほど意識されていない。魔力を持ちかつ空を飛べる人間は少数ということもあって仲間意識が強く、ざっくばらんに会話することが多かった。

ヴァルトルートは続けた。

「ずっと東部戦線で戦ってた」

「知らねえ名前だ」

「うーん、自分では結構活躍（かつやく）しているつもりなんだけどなあ」

少し残念そうになるヴァルトルート。

「カールスラント空軍、第52戦闘航空団（ヤクトゲシュヴァーダー）にいたんだ。伯爵って呼んでくれて構わない」

「伯爵（グレーフィン）ぅ？」

直枝はいかにも胡散臭（うさんくさ）そうに言う。

「そんなアクセントの悪い貴族がいるか。貴族ってのはもっと歯切れよく、ぱしっと発音するもんだ」

「バレたか」

ヴァルトルートがちろっと舌を出したのが、見なくても分かった。

「みんなが勝手に呼んでるだけで、爵位はないよ。でもよく分かったなあ。わりとインテリだね」

「いいじゃねえか」

「直ちゃんって呼んでいいかい」

「断る」

「直ちゃん」

ヴァルトルートはお構いなしにそう呼んだ。

「扶桑に戻ったって聞いていたけど、なんでまたペテルブルグに来たんだい」

直枝は聞き返す。

「あんたは？」

「呼ばれたんだ。ペテルブルグで僕の力が必要らしくてね。転属扱いだから断れなかった」

「オレもそうだ。扶桑に戻って休暇を楽しもうとしたら、とんぼ返りだ。なんとかって少佐に呼ばれたよ。なんつったかな、確か……」

「ラル少佐」

この声はヴァルトルートが発したものではなかった。

今いる留置所には房が三つ並んでいる。直枝が収容されているところは中央で、ヴァルトルートが入っているのは右側。先ほどの声は左側から伝わってきたのだ。

「グンドュラ・ラル少佐だよ。カールスラントの誇るウルトラエース。撃墜数はなんと二百五十機以上。そのラル少佐が、新しい部隊編成のため、ワタシたちを呼んだってわけ」

直枝は感心して声を上げた。

「二百五十。へー」

「驚いた？」

「数えた暇人がいるんだな」

「…………」

左側からの声はしばらく無言だったが、やがて言った。

「と、とにかく、ペテルブルグを根拠地にして新しい部隊が結成されるんだよ。ワタシたちは第一陣」

「なんだ、あんたもお仲間か」

「ニッカ・エドワーディン・カタヤイネン。みんなはニパって呼んでる。階級は曹長」

「その変わった名字と名前はスオムス人だな」

「扶桑人の方がよっぽど変わってると思うな」

ニパは言う。直枝は起き上がると房の左側に移動した。

「なあ、どうしてぶち込まれたんだ」

「喧嘩に巻き込まれて」

誰のせいなのかは聞かなくても分かったので、直枝は「悪かったよ」と言った。

「あんたの名前は聞いたことあるぞ。スオムスの飛行第24戦隊にいただろ。ウィンドとかユーティライネンとかマグヌッソンとかと一緒にネウロイをぶち墜としたはずだ」

「よく知ってるね」

「ラジオで聞いた」

右隣の房から「僕のことは知らなかったのに」との文句が伝わってくる。直枝は丁寧に無視。

「で、その少佐殿はなんだってオレたちを選んだんだ」

「それは直接聞いてみないと分からないと思う」

「どうやって聞きゃいいんだ。こっちは独房とお友達だぞ」

「普通は身元引受人が来るはずなんだけど」

「嫌われたか」

「嫌われるんだったら、僕らじゃなくて直ちゃんだと思うな」

これは右隣にいるヴァルトルートの声である。直枝は這いながら右側に戻った。

「なんでオレが嫌われるんだよ」

「喧嘩の原因だから」

「なに言ってやがる」

直枝は手をひらひらさせた。

「あの程度で嫌われてたら、オレが今までやってたことはどうなる。軍法会議で百回は実刑を喰らってるはずだぞ」

「扶桑で、気に入らない上官の上空すれすれを飛んで、テントを吹き飛ばしたって話は本当なのかい」

「馬鹿言え。本人も吹き飛ばしてやったぜ」

その言葉にヴァルトルートは笑いだし、ニパは呆れたような声を漏らしていた。

と、笑い声に混じって足音がする。

誰かが房に近づいてくる。三人は会話を止めて鉄格子の向こうを見た。

体格のいい監視兵が鍵束をぶら下げてやってきていた。その後ろには小柄な少女がいる。

小柄と言っても直枝よりは大きい。彼女は監視兵にうなずく。房の鍵が開けられた。

うながされたので、直枝は房から出た。両隣も開けられる。

直枝はここで初めてヴァルトルートとニパを見た。思った通りヴァルトルートは背が高く、ボーイッシュな顔立ちをしていた。カールスラント空軍の通常勤務服を着崩している。

堅苦しさからは遠いがだらしなさは感じず、むしろ伊達となっていた。いかにも洒落者だ。

ニパは抜けるような白い肌と薄い金色の髪をしていた。スオムスカラーのセーターを着ており、右肩にスオムス空軍のワッペンを縫いつけている。ヴァルトルートよりは真面目そうな雰囲気だ。

二人も直枝のことを見つめていた。なにも言っていないが、陸軍の兵士相手に大立ち回りした小柄な扶桑人のことを、興味深く思っているのはよく分かる。

直枝は視線を正面に戻す。少女が監視兵に「あとは私が」と言っていた。

監視兵が下がる。直枝たち三人と少女だけになった。

少女はウェーブのかかった金髪にカチューシャをつけている。軍服の襟についた星のため、ひと目でオラーシャ所属だと分かった。

直枝は不思議な感覚で彼女を眺めていた。面識はないのだが、どこかで出会った気もする。

対照的に彼女は腕組みをして、三人をじっと見つめていた。

静かに口を開く。

「……私はつい先ほどまで、スオムススキー駅まで迎えに行っていました」

自己紹介もせず、いきなり喋り出す。

「もちろん必要があったからです。迎える相手はあなたたち」

声には透明感があり、まるで鈴が鳴っているようだ。ただ心底困ったような口調で、三人に聞き惚れる余裕はなく、むしろ緊張した。

「それがいつまでたっても到着しません。怪訝に思っていると、どんどん陽は傾きひとけはなくなり、駅前にたった一人取り残されました。風は冷たい上に野良犬はエリをねだってくる始末」

「いやあ、さすがサーシャちゃん。犬にもモテるなんて」

軽口を叩いたヴァルトルートに、サーシャと呼ばれた少女は少しだけ目線を走らせる。

この二人、どうやら顔見知りらしい。

サーシャは再び口を開く。

「さすがに帰ろうかと思っていたら、ウィッチが三人も収監されていると聞きました。慌てて憲兵隊に話を通し、何枚もの書類にサインをし、賄賂代わりにリベリオン製チョコレートまで渡して、ようやくここに通されたのです」

彼女は三人を順に見渡した。そして直枝の前で止まる。

「しかも理由を聞いて驚きました。喧嘩？　私たちウィッチの相手はネウロイだというのに、陸軍兵士相手に喧嘩したのですか？」

直枝は思わずそっぽを向いた。背中に冷や汗が流れる。

サーシャは直枝をじっと見つめてから言った。

「よくやりました」

「……え？」

さすがに直枝はきょとんとする。サーシャは平然と言った。

「ここは泣く子も黙るオラーシャ方面。破廉恥な男性をやんわりとやり過ごすだけではすみません。さすが管野さん、粗暴な兵士への対処も心得ているのですね」

「え、いやあ……」

直枝は仕方なく照れ笑いを浮かべる。サーシャは続けた。

「ですが、こういうことはなるべくなくしてください。ネウロイの相手をする前に、味方同士で争ってもいいことはありませんから。いいですね」

「はい……」

直枝は素直にうなずいた。どうしてかこのウィッチが相手だと、反発することができなかった。

サーシャは三人に、「では、行きましょう」と告げた。

元警察署から外に出る。外はすっかり暗くなっていた。

星が数多く瞬いている。住民の多くが避難したペテルブルグに、電力は一部しか供給されていない。ほとんど灯火管制の状態だった。

そのため曇り空でもないかぎり星はよく見える。直枝はしばらく上空を仰いでいた。

「乗ってください」

サーシャに言われ、慌てて車に駆け寄る。

リベリオン製の四輪駆動車が停まっていた。サーシャがハンドルを握り、隣にヴァルトルートが座る。直枝とニパは狭苦しい後部シート。

サーシャはジープをすぐに発進させる。警察署はあっという間に遠ざかった。

「自己紹介がまだでしたね」

彼女は前方を見据えながら言う。

「私はアレクサンドラ・イワーノヴナ・ポクルイーシキン大尉。皆はサーシャと呼びます。あなたたちの紹介は不要ですよ。知ってますから」

あらかじめ軍歴に目を通してきたのだろう。迎えによこされるだけのことはある。

ペテルブルグの市外へと向かう。初冬、しかも夜なので空気は冷たく、ジープに屋根はない。直枝とヴァルトルートは吹きつける冷気に顔を強張らせていたが、ニパは平然としていた。

直枝は頰を両手で叩く。

「どこ行くんだ？」

「基地です」

サーシャが答える。

「ペテルブルグの川岸に基地を設置しました。そこが部隊の根拠地となります。司令官はラル少佐」

「詳しく聞かされてないんだけど、なんて部隊なんだ」

「第502統合戦闘航空団」

サーシャははっきりと、よく通る声で言った。

「502はペテルブルグを根拠地に、ネウロイと戦います」

「502……」

直枝が口の中で何度も呟く。ヴァルトルートは寒さをしのごうと、手を擦り合わせながら言った。

「統合戦闘航空団ってのはあれだよね、各国のエースを集めて集中運用すれば戦果も挙がるだろうっての。なんか戦車部隊みたいなネーミングなんだよねえ」

「そうです。スオムスの独立義勇飛行中隊がテストケースとなり、ブリタニア方面の501で有効性が確認されました。501が多大な戦果を挙げたため、部隊数を増やすことが決定したのです」

「503や504もあるんだ」

「506までは検討されているようです。もしかしたらもう少し」

「そういえば、イッルも501に転属したんだよねえ……」

ニパが誰にともなく呟いていた。

周囲からはあっという間にひとけがなくなる。道路は石畳（いしだたみ）となり、しかも補修されていないためところどころに穴が開いていた。

助手席のヴァルトルートが息を吐（は）く。白い息は風のためすぐ霧散（むさん）した。

「僕ら以外にウィッチはいないのかな？」

「他（ほか）にもいます。まだ到着していませんが」

「西部戦線のウィッチは可愛（かわい）い子が多いんだよねえ。ここは過酷（かこく）な東部戦線なんだから、可愛い娘（こ）がもっといるといいなあ。目の保養がしたい」

「ブリタニア方面を西部、オラーシャ方面を東部とするのはカールスラント人の傲慢（ごうまん）ですよ、クルピンスキーさん」

サーシャはジープのハンドルを右に切った。

リベリオンからオラーシャに武器貸与（レンドリース）されたジープは、夜間の悪路でも関係なく走破する。サーシャは速度を上げたので、三人は落とされないよう身体（からだ）を支えなければならなかった。

　しばらく走る。ここまで来ると除雪もされていない。やがてライトの先に、ぼんやりとゲートが見えてきた。

　道路は橋に続いていた。どうやら島と接続しているらしい。その先にゲートがある。やけに立派な建物がいくつも目に入った。

　サーシャはゲートでいったんジープを停めると、歩哨（ほしょう）に身分証を見せた。歩哨は敬礼してゲートを開ける。

　島の全周を壁（かべ）と建物が取り囲んでおり、中央からは滑走路（かっそうろ）が延びている。夜間のため格納庫（ハンガー）がどこにあるかは分からない。どの建物も年代物であり、教会の尖塔（せんとう）のようなものまであった。軍用基地には感じられない場所だ。

「一八世紀に建築されたペトロ・パウロ要塞（ようさい）を利用しているのです」

　サーシャはジープの速度を落としながら説明した。

「候補地は他にもあったのですが、ここが一番適当でした」

「立派なもんだ。オラーシャ方面なのにこんな宿舎で寝起（ねお）きするなんて、思ってもみなかった」

　直枝が感心する。ニパも言った。

「同感。スオムスの前線じゃ、テント暮らしがしょっちゅうだったよ」

直枝はちらりと彼女を見て、

「まだまだだな。オレがデミヤンスクから撤退したときなんざ、最後は塹壕で寝てたぞ。しかも冬だ冬」

「オラーシャの冬なんか、スオムスに比べれば過ごしやすいけどなあ」

「冬は万国共通で過ごしやすくねえよ」

二人のやりとりにヴァルトルートも加わった。

「僕は木にもたれかかって寝たことがあるなあ。最前線から二キロしか離れてなくてさ、滑走路なんか林道だよ。他になにもなかったから仕方なく」

さすがに直枝とニパは呆れた。

「なんだそりゃあ」

「補給でも切れたの？」

「地面が泥だらけだったんだ。二晩もそんな感じだった」

直枝は首を振り、「あんたの勝ちでいいよ」と答えた。

ジープを停めたサーシャが手を叩いてうながす。

「自慢話はそこらへんにして、降りてください」

三人は彼女に連れられ、白塗りの建物に入った。

内部は広く、ひんやりとしている。天井は高く、裸電球がぶら下がっていた。ところどころ経年劣化しているのが、なかなか時代を感じさせる。床だけはモルタルで塗り直されていた。

廊下を歩いて行く。薄暗いが、これは電力制限のため。

サーシャは廊下の奥にある扉をノックしてから開けた。

「失礼します。管野直枝、ヴァルトルート・クルピンスキー、ニッカ・エドワーディン・カタヤイネンの三名を連れてきました」

机で書類の山に向かっていた女性が顔を上げる。

「ご苦労」

彼女は立ち上がった。

「私が第502統合戦闘航空団司令のグンドュラ・ラルだ」

ラルはすらりとした肢体の持ち主で、紅茶色の髪をしていた。精悍な顔つきでどこかサバサバしたところも見受けられる。制服の上からコルセットらしいものを着用していた。

彼女は皆の前に立った。

「深夜の着任とはご苦労だが、なにしろ早くここに到着して欲しかったんでね」

「ひょっとして、オレたちだけ？」

直枝の質問に、ラルはうなずく。

「今のところは、そうだ」

「他にもいるって聞いた」

「転属命令は出している」

「早く連れてくりゃいいのに」

これにはサーシャが答える。

「私はそうしたかったんですが、なにしろ警察署で夜明かししそうな人たちがいたので」

直枝、ヴァルトルート、ニパの三人は揃って首をすくめた。

「質問」

ニパが手を上げる。

「なんでワタシたちが先なんです？」

「君らの装備、荷物が明日来るからだ。ストライカーユニットだけあっても仕方ないだろう」

ラルが答えた。ニパはさらに訊く。

「ワタシたちは適当に選ばれたんでしょうか」

「いや。各部隊に私が頼み込んだ」

はっきりとしたラルの声。

「ここはオラーシャだ。戦いの過酷さは他を遥かにしのぐ。生半可な覚悟では務まらないのだから、それなりのウィッチが必要となる。君たちが適任だと判断した」

「過大評価なんじゃ……」

「ここで生き残ったウィッチだ。それだけで十分」

彼女の台詞は嘘でも冗談でもなかった。

オラーシャでの戦いは「魔女の大鍋」と呼ばれるほど酷烈である。広大な土地に無数のネウロイがうごめき、戦闘を仕掛けてくる。人員と装備は砂場に撒かれた水のように吸い込まれていき、次から次へと追加を要求してきた。リベリオンや扶桑からの援助がなければ、ペテルブルグはとっくに「かつて人間がいた街」のひとつとなっていたはずだ。

このような戦いはペテルブルグ方面だけではなく、ウラル地方やコーカサスでも繰り広げられている。オラーシャは広く、全てがネウロイの脅威にさらされているのだ。

この地で発動された作戦は大小合わせて数多くある。その全てが激戦であり、戦果も損害も多い。これらをくぐり抜けてきたとなれば、ウィッチだろうと普通の兵士だろうと一目置かれていた。

直枝、ヴァルトルート、ニパの三人は以前からオラーシャで戦っていたので、第502統合戦闘航空団に転属してもすぐ戦力になると思われたのだろう。なにも知らない新米では瞬く間に大地の染みになるのがオチだ。

「君たち以外の人員はおいおい到着する」

と、ラル。

「恐らくネウロイはすぐに歓迎部隊を送ってくるはずだ。とりあえず今日は寝ておいて、明日以降に備えろ」

ふと直枝は訊いた。

「寝床、あるのか？」

「それくらいは用意してある。古い建物だが、塹壕よりましだと思って我慢するんだな」

経歴を詳しく把握しているらしい。直枝は驚きと共にばつの悪そうな表情を作った。

ラルの話は終わった。三人は敬礼して退出すると、サーシャに案内されてそれぞれの部屋へと向かった。

＊　　＊　　＊

翌朝。

直枝は自室のベッドでうつらうつらしていた。

ウィッチには個室が割り当てられていた。敷地が広い上に建物が余っているためだ。彼女たちは真っ先にネウロイと戦い損耗率も高いため、どこだろうとそれなりの贅沢が許されていた。これが激戦となり頻繁に移動すると、こうはいかなくなる。

ベッドからは木が湿気った臭いがする。直枝は寝ぼけまなこのまま、三枚重ねの毛布を首元まで引っ張り上げて寒さをしのごうとした。

と、なにやら気配がする。

室内でなにかがもぞもぞ動いている。直枝のベッドに近づいていた。

彼女は無視した。どうせキツネかなにかだろう。幼い頃扶桑の野山を駆けめぐり、ちょっと前までオラーシャで暴れた身にとっては、室内に動物が入ることくらい慣れたものである。なにしろ洗顔していたらクマが横切ったこともあるのだ。

いっそ簡易暖房器具としてベッドに引っ張り込んでやろうかなどと考えていると、毛布がもぞもぞした。

本当に入ってきたらしい。ずうずうしいキツネだ。そう思っていたらいきなり囁かれた。

「朝だよ、直ちゃん」

人間の言葉を喋った。驚いて隣を見るとヴァルトルートの顔があった。

「うひゃあああ！」

直枝は思わず飛び起きる。

「なんだなんだ⁉」

「昨晩は楽しかったよ」

ヴァルトルートはとろんとした眼で言う。つい自分の寝間着を確認する直枝。

当たり前だがなんともない。ほっとすると同時に怒鳴った。

「なに考えてやがる！　お前、今入ってきたばっかかじゃねえか！」

「いやあ、あんまり寝顔が可愛いもんだから、つい」

ヴァルトルートは悪びれていなかった。直枝は口を大きく開けた。

「黙れ。心臓が止まるかと思ったんだ」

「朝なのは本当だよ」

直枝は窓から外を見た。まだ暗い。それから枕元に置いた腕時計を見つめる。長針と短針は、寒さに負けず動いていた。

彼女は口をへの字にした。

「……起床時間じゃねえぞ」

「知ってる。寝ているところを狙ったから」

「この野郎、失せろ！」

「別にいいけど、さっき僕たちの装備が届いたよ。格納庫に運んである」

「それを早く言え」

直枝は急いで着替えると、自室を飛び出した。

ヴァルトルートと一緒に走る。明け方の空気は身を切るように冷たい。それでも装備が届いたことによる高揚感が、直枝を包んでいた。

第５０２統合戦闘航空団基地の大半は古い建物の再利用だが、格納庫だけは近代的だ。ここからネヴァ川に向けて滑走路が延びている。

中に飛び込んだ。そこかしこに蓋が開けられたばかりの木箱が放置されており、整備兵が忙しげに動き回っている。そして中央には大きめの機械が据えられていた。

いっけん、手すりのついた階段にしか見えないが、内部にストライカーユニットと武器を収納した発進ユニットである。新品らしく、ぴかぴかだった。

直枝が手を叩く。

「よおし、さっそく慣らし運転といこう」

ヴァルトルートが呆れる。

「直ちゃん、朝食は？」

「そんなのは後回しだ」

彼女は階段部分を駆け上がった。

整備兵に「早くしろ」とせっつく。機械音がして足元のシャッターが開いた。そこからストライカーユニットがせり出してきた。

直枝の顔が熱を帯びる。暗緑色に塗られたこのストライカーユニットこそが、宮菱重工業製零式艦上戦闘脚二二型甲だ。オラーシャの空を共に駆けめぐってきた愛機である。主人を待つように装着部を上に向けている。

発進ユニットの右側のボックスの扉も開いた。中には武器である九九式二号二型改機関銃が収められている。

直枝はストライカーユニットを装着した。ふわりとした感覚が心臓からせり上がり、全身を包んでいく。頭から垂れ耳が、腰からは尻尾が伸びる。ウィッチが魔力を発動した証明だ。

魔導エンジンを始動。放たれる魔力がプロペラとなって回転する。ストライカーユニットの足元に魔方陣が描かれた。

「出るぞ！」

彼女は機関銃を手に取る。ヴァルトルートが手でメガホンを作って口に当てた。

「直ちゃん、武器も持ってくの？」

「持たなきゃ慣らしにならねえだろ！」

彼女はエンジン音に負けないよう大声を出した。

魔導エンジン全開。プロペラの回転が速くなり、直枝の身体が前に滑る。滑走路を進み、離陸速度に達する。

「管野一番、離陸する！」

滑走路から離れる。身体を持ち上げ、急上昇させた。

どんどん高度を上げる。ある程度の高さまで来てから身体を水平にして、旋回した。

上からだと第502基地の全貌がよく分かる。ペトロ・パウロ要塞はネヴァ川の河口にある島内に作られており、今は建物と滑走路が大半を占めている。要塞の外側は無人となった建築物と川だった。

基地上空を一周してから、高度を上げた。冬のオラーシャでしかも空の上は相当な寒さだが、魔法を発動しているウィッチにとっては、むしろ心地よいくらいだ。地上にいるときよりも気分はよかった。

明るくなってきた。南東に目をやる。ペテルブルグ市内だが、瓦礫の数がぐんと多くなる。ネウロイの攻撃を受けて破壊されたのだ。住民の多くは避難してしまったので修復されることなく、無残な姿を晒している。このような光景はペテルブルグだけではなく、欧州のあちこちで見られていた。

直枝は我知らず手を握りしめる。その向こうはモスクワ方面。雪の積もった鬱蒼とした針葉樹林が続いていた。

ペテルブルグからは道路も鉄道も延びているはずだが、木々に覆われて見えない。皮肉なことに、ネウロイの支配下に置かれて以降人間による開発がなくなったので、動植物は増加傾向にあるという。

ネウロイの姿はない。だが、ペテルブルグからモスクワ方面、そしてはるかウラルの地のどこかに存在しているのは確かだった。

と、下から声がした。

「おーい」

ヴァルトルートだった。メッサーシャルフ社製Bf109G6を装着している。塗り直したのか、ストライカーユニットの側面に書かれた黄色の5番が鮮やかだった。

直枝は露骨に嫌な顔をした。

「なんだよ」

「僕も慣らし運転をしておこうと思って」

ヴァルトルートは直枝の周りをくるくる回った。

「可愛い女の子を空で一人きりにしちゃ危ないじゃないか」

「オレは一人がいい」

「ニパ君も来るよ」

見ると、ニパが離陸して上昇してきた。

彼女のストライカーユニットもメッサーシャルフ社製で、ヴァルトルートのものよりややや旧式のBf109G2である。カールスラントからの供与品。

ニパは手をバタバタ振っていた。

「なんだって二人とも朝から飛んでるの。眠くない？」

「人のこと言えるのか？」

と直枝。

「眠けりゃ寝てろよ」

「なんかカンノにお客さんが来てたみたいだけど」

ニパの台詞に、直枝はいかにも不審げな表情を作る。

「こんな明け方の最前線に客なんか来るかよ。別のメンバーだろ」

「民間人みたいだった」

「待たせときゃいい」

直枝はエンジンの回転数を上げると、南へ向かって飛行した。

風に煽られて飛行服の裾がはためく。後方からはヴァルトルートとニパがついてきていた。

直枝は不機嫌さを隠さない。

「だから来んなよ！」

「そっち行ったら危ないじゃないか。すぐにネウロイの勢力圏内だ」

ヴァルトルートの言葉は嘘ではない。オラーシャ帝国西部はそのほとんどがネウロイのもので、人類はペテルブルグ一帯をかろうじて保持しているにすぎない。カレリア方面ならともかく、モスクワ方面は少数の防空監視哨しかなかった。

直枝はヴァルトルートをじろっと見る。

「そのへんくるくる回って着陸なんてつまんねえだろ」

「僕もつきあうよ」

「ワタシも」

「来んなっての！」

直枝は言うが、ヴァルトルートは引き返す素振りも見せない。ニパも同様だった。

三人は横に並んで飛行した。市街地はすぐに途切れ、枯れた草とうっすら積もった雪、木々が広がる大地となる。

かつてはこのあたりも人の手が入っていた。だが今は無人の地だ。

ところどころ装甲車両の残骸が見え隠れしている。ペテルブルグ前面では幾度も激戦が繰り広げられており、その名残である。

直枝は視線を下から前方に戻す。雲量は多くなく、視界は良好だった。

「おっ？」

左前方に黒い点が見えた。それは急速に大きくなり、巨大な鳥のような姿となっていった。

「ネウロイだ！」

ニパが言う。

中型に分類されるネウロイだった。黒く横に長い姿は鳥のようでも無尾翼機のようでもあり、ところどころに昆虫の複眼みたいな赤い部分があった。

ネウロイは一定の速度で接近している。こちらを捕捉したかどうかは分からない。

「偵察かな……？」

「なんでもいい。攻撃するぞ！」

直枝は叫ぶ。ニパが驚いた。

「カンノが？」

「ああ、あいつはオレだけでやる！」

直枝は魔導エンジンの回転数を上げた。

重々しい音と同時に、直枝は一気に加速した。身体が冷たいオラーシャの空気を裂き、魔導エンジンの熱が飛行機雲を残す。

武器の九九式二号二型改を構える。狙いをつけた。

甲高い音と共に銃口から弾丸が吐き出され、薬莢が宙を舞う。曳光弾が光跡を引いた。弾はネウロイの後方に流れていった。

「ちっ」

直枝は舌打ちする。相対速度を見誤った。久しぶりの実戦なので勘が戻っていない。もっと近づかなくては駄目だ。彼女はさらに速度を上げた。

「直ちゃん、本当に一人でやる気？」

ヴァルトルートの声がインカムに流れる。直枝は言い返す。

「そこで見てろ！」

中型ネウロイに接近する。見れば見るほど不気味な外観だ。どれだけ墜としても、ネウロイから生じる不快感は消えることがない。

外れようのない距離まで近づこうとした。

いきなり、ネウロイの赤いパネル部分が光った。

何条もの光線が放たれる。直枝に襲いかかった。

「おっと！」

直枝は足を振ってストライカーユニットを前方にし、制動をかけて上半身を反らす。ネウロイの攻撃は明後日の方角へ飛んでいった。

そのままバック宙のように一回転。また突き進む。普通の航空機にはとてもできない芸当で、ウィッチの特技だ。

ネウロイの姿が視界いっぱいに広がる。引き金を引いた。

曳光徹甲弾が吸い込まれる。今度は命中。ネウロイの外板が剝がれる。

だが中型ネウロイはなにごともなかったかのように、飛行を続けていた。

「固え野郎だ」

直枝は再び攻撃しようと機関銃を構え直す。と、横から発砲音がした。

「僕に任せてくれ」

ヴァルトルートが攻撃を仕掛（しか）けていた。思わず直枝は叫ぶ。

「あ。このやろ！」

急いでヴァルトルートの真横に並んだ。

「人の獲物（えもの）を盗（と）るんじゃねえよ！」

「直ちゃんの獲物ってきまったわけじゃないよ」

「あれはオレが撃墜（げきつい）すんだ！」

直枝はもう一度引き金を引く。今度は急いだため、明後日の方角に銃弾（じゅうだん）が飛んでいった。

「邪魔（じゃま）したから外れたじゃねえか！」

「そうなの？」

ヴァルトルートはそう言いながらも、発砲を続けていた。彼女の射撃は正確で、ネウロイの中央部に当たっていく。

それでもネウロイの飛行に変化はなかった。

「もっと近づかなきゃ駄目だなあ」

ヴァルトルートは魔導エンジンの回転数を上げると、排気（はいき）熱で空中に白い跡（あと）を残しながら、ネウロイに接近した。

「待てよ！」

叫ぶ直枝の隣を別の影が通過する。ニパであった。

「危ないよ。ワタシも手伝う！」

ニパはカールスラント製ＭＧ42を構えると弾をばらまいた。甲高い連続音が鳴り響く。

彼女はヴァルトルートの後に続いていた。直枝は泡を食った。

「ここにゃ泥棒しかいねえのか！」

魔導エンジンを全開。全力運転で二人を強引に追い抜いた。

「おとなしくしてろって！」

「いいじゃないか」

「ワタシも助けるってば」

三人はごちゃごちゃ固まりながら接近する。と、ネウロイが少し速度を落とした。

次の瞬間、彼女たちに向けて光線が放たれた。

「うわっ、危ねえ！」

ビームが直枝のすれすれを通過していく。いくらウィッチといえど、直撃を受けたらただではすまない。敵の切っ先をかわし、当たりそうな攻撃は魔方陣によるシールドを展開して防ぐ。

その後もネウロイは攻撃を続ける。そのたびに三人は、一塊になったまま上へ、下へと回避した。

直枝は機関銃を持っているのと反対側の手を大きく振った。

「お前らもっと散れよ！」

「僕の回避方向に直ちゃんがいるんだよ」

「二人とも、もっと慎重になろうよ」

ネウロイの絶え間ない攻撃に、三人は射撃位置につくこともままならない。それどころか空中で幾度も衝突しそうになっていた。

直枝は苛立たしげに怒鳴る。

「オレがすぐに墜としてやる！　そこでじっとしてろ！」

彼女はいったん高度を上げた。ネウロイからの攻撃が止む。

頭上に出ると、今度は逆落としの体勢になった。

「うおりゃー!!」

機関銃を構えたまま降下した。

照星にネウロイの姿が重なり、どんどん大きくなる。また光線が放たれる。

直枝は発砲しない。もっと接近してから撃つのだ。遠くより近くから撃った方が当たりやすいという単純だが効果的な理屈。

視界いっぱいにネウロイが広がる。

「てえっ！」

引き金を引く。九九式二号二型改機関銃の銃口から、弾丸が飛び出していく。

ネウロイの真ん中に命中。弾が炸裂(さくれつ)する。

外板がいくつも剝がれ、破片(はへん)となる。大きな機体がぐらりとよろめいた。

だがまだ墜落しない。ネウロイにはコアと呼ばれる部分があり、そこを破壊(はかい)しないと活動を停止しないのだ。

「コアは⁉」

ニパが目を凝(こ)らしている。まだ発見できない。

ネウロイが上方に向けて光線を乱射した。三人はごちゃごちゃになりながらも離(はな)れた。

「多分あそこの奥だ」

直枝が指さした。

「オレが吹(ふ)っ飛ばす」

「僕がやるって」

「ワタシも」

三人は言い合っていたが、決着がつかないと察するや我先にと魔導エンジンの回転数を上げた。

　密集しながらネウロイに向かって飛んでいく。

「邪魔だ離れろ！」

「直ちゃんこそ射線の上は危ないよ！」

「頭下げてー！」

　接近するにつれて、外板の剝がれた奥に、薄く光る物体が見えてくる。あれこそがコアだ。

「墜ちろっ!!」

　直枝が引き金を引く。ほぼ同時にヴァルトルートとニパも発砲した。

　銃弾がコアに吸い込まれていく。直枝たちはそのままネウロイの下側に抜けた。

　見上げると、ネウロイの飛行速度が一気に落ちた。ふらふらと、いかにも頼りないものとなる。そして急速に分解をはじめた。

　直枝は胸を張る。

「どうだ！　オレの弾が当たった」

「えー、僕のじゃないかなあ」

「二人とも外れたんじゃない？」

また言い合いがはじまる。おかげで蛇行するネウロイが自分たちの頭上に来たことに気づかない。

「なんだよオレのスコア盗る気か!?」

「直ちゃん、スコアじゃ腕前は測れないよ。僕は測るけど」

「なんで二人ともそうがつがつしてるの？」

ヴァルトルートが反論してニパがぼやく。その間にも、力を失ったネウロイは中央部から真っ二つになろうとしていた。

「ん……？」

不審な音を聞いて直枝が上を見る。ネウロイが破片を撒き散らしながら爆発するところであった。

「まずいっ！」

慌てて離脱しようとする。そして二人に激突する。

「馬鹿っ、どけ！」

「直ちゃんからぶつかってきたんじゃないか！」

「あーもう！」

ネウロイが爆発。火炎と共に破片が撒き散らされる。

「ぎゃーっ!!」

三人を破片が包んでいった。


第502統合戦闘航空団基地。ネヴァ川に長く延びる滑走路の上に、帰還した直枝、ヴァルトルート、ニパは整列していた。

三人の姿はぼろぼろであった。

ネウロイの爆発をまともに浴びたため、服は破れて傷だらけ、顔は黒く汚れていた。

そしてストライカーユニットはどれも壊れていた。正確には基地まではもったものの、着陸寸前に故障して落っこちたのだ。おかげで全員痣だらけである。

三人の前にはラルとサーシャがいた。ラルは無表情だ。筋金入りのウィッチで二百五十機以上撃墜している腕利きなのだから、これくらいでは動じない。

一方のサーシャは「ストライカーユニットはどれも修理しないと使い物になりません」との報告を整備班から受け、どんよりとしていた。

「……報告は聞きました」

しばらく三人を見つめてから、サーシャは口を開いた。

「監視哨が戦闘を目撃していました。中型ネウロイの撃墜に喜んでいたら、ウィッチが三人も巻き込まれて仰天したそうです。記録は共同撃墜」

「えっ、オレじゃないのか？」

「だから僕だよ」

「ワタシかも」

また言い合いをはじめる。サーシャは「静かになさい！」と声を上げた。

三人は背筋を伸ばした。

「それよりも、ストライカーユニットの損失が問題です。元々明後日到着のものを、方面軍司令部に無理を言って、夜を徹して届けてもらいました。それが明け方です。なのに朝食前に壊れました。昼食時に修理して、夕食後にはきっと直ります」

その言葉に三人は思わず笑ったが、サーシャはにこりともせずに続けた。

「だといいのですけれど」

そして、柔らかだが鋭い口調で言い放つ。

「まだ全ウィッチが揃ってもいないのに、三人が出撃不能となりました。私の経験からしても、こんなことははじめてです。ここでネウロイが攻めてきたらどうなります？」

三人は答えない。「お前が言え」「直ちゃんが言ってよ」「ワタシ言わない」などと視線を送りあっていた。

サーシャが言った。

「説明する必要もありませんね。きっと楽しいことになります」

はじめてにこりとする。その表情に、三人はますます身体(からだ)を硬(かた)くさせた。

一体どうなってしまうのか、サーシャはそれ以上口にしない。このあたりに留置所の時とは違(ちが)った厳しさがあった。

「ともかく、ストライカーユニットが直るまで静かにしていてください。地上ではなにも壊さないように」

サーシャはラルに目配(めくば)せをする。ラルはうなずいた。

「今さら私がどうこう言うまでもあるまい。全員オラーシャでの戦闘を繰(く)り返したベテランだ。ネウロイが攻めてきたところでどうということはないだろう。装備もいつかは壊れる。予備部品もないわけではない。だが」

ラルは皆(みな)に言った。

「戦力低下がいただけないのは事実。しかも命令もないのに離陸(りりく)して戦闘。聞いたサーシャが卒倒(そっとう)しかかった」

「なんとか踏(ふ)みとどまりました」

サーシャが言い添(そ)える。ラルは続けた。

「私は、はっきり言うが予備部品を早く寄越すよう書類を作るのが面倒くさい。あんなもの電話一本でどうにかしろと言いたいところだが、組織だからそうもいかん。余計な仕事を増やさないでもらえるとありがたい」

言い終わってから、ラルはちらりと背後を見た。

建物の一角から、おいしそうな匂いがここまで漂っていた。

「朝食の準備ができたな。では食事としよう」

解散しようとする三人。そこにサーシャが「待ってください」と止めた。

「あなたたちは食事の前に基地を二周すること」

罰走しろとの命令だった。

空腹の三人から一斉に抗議の声が上がる。サーシャはわざとらしく耳に手を当てた。

「勝手な離陸とストライカーユニットの損失に対しての罰直です。軽い方ですよ」

まったくその通りなのだが、ヴァルトルートはつい不満を口にした。

「でも朝食前ってさ……」

「三周がいいですか？」

「二周でいい」

彼女は即座に返事をする。直枝とニパにも異存はなく、というか藪蛇になるのでなにも言わない。

サーシャは改めて言った。

「これ以上壊すようでしたら、もっと別の罰直も考えます。ですが今は走るように。はい、スタート！」

サーシャが手を叩く。これ以上罰直を増やされてはかなわないとばかりに、三人は走りはじめた。


三人が罰直を終わらせ基地の食堂に入るまで、ラルは食事をはじめずに待っていた。

食堂はウィッチ専用で、縦に長いテーブルの両脇に椅子を並べてある。厨房は隣接しているので、いつでも温かい食事が配膳された。

メニューはオラーシャらしく、そばの実のカーシャ（粥）だった。

席に着こうとして、直枝は食堂内を見回した。

「あれ、サーシャは」

ラルは答えた。

「他の人員を迎えに行ってる。食事は向こうですませるそうだ」

納得した直枝たちは、この寒いのに気の毒だサーシャの分も腹に収めてやると、一心不乱に食べはじめた。

「食べながらでいい。聞け」

ラルが言う。

「クルピンスキーとカタヤイネンのストライカーユニットの損害は思ったよりも軽く、簡単な修理ですむそうだ。直るのは明日」

ヴァルトルートとニパはほっとする。ラルは覆い被せるように告げた。

「今度命令違反したら取り上げるからな。管野のユニットは一番損害がひどい」

直枝は思わずスプーンを嚙った。

「え、ひょっとしたら出撃不能」

「いや、修理は終わる。ただ予備部品が早くも底をついた」

ラルはカーシャを飲み込んで言った。

「次同じところを壊したら、しばらく出撃はできない」

「えー」

直枝は渋い顔をした。

「部品くらいもっと早く持ってくりゃいいのに」

「繰り返すが、軍隊は組織だぞ。そう簡単にいくか」

「銃を突きつけたら」

「監獄に行くのはお前ではなく私になる。そうなったら管野にそそのかされたせいだ、本当はやりたくなかったと涙ながらに証言するからな。そもそも、きちんと飛べば問題は起こらない」

「オレはちゃんと飛んでる」

「これだけ損傷がひどいのは、ネウロイに一番接近していたからだろうと整備班は言っていた」

「そりゃ、それくらいでなきゃ、ネウロイは墜とせねえから」

遠くから撃ったって弾は当たりっこない、というのが直枝の持論である。こっちも相手も動いている中、確実に撃墜するには接近するのがもっとも有効であると、彼女は確信していた。

「敢闘精神は賞賛する」

とラル。

「だがあまり壊すようではペテルブルグを守るものがいなくなる。そうなったらオラーシャの西側は完全にネウロイのものだ。サーシャが怒るぞ」

直枝は首をすくめた。扶桑きっての暴れん坊で恐れるものなどなにもないのだが、どうしてかサーシャだけは怒らせたくないのである。

ラルは静かにカーシャを口に運ぶ。

「サーシャは人員の迎えに行くついでに、予備部品の話もつけることになっている」

「どれくらい来るんだ？」

「カールスラントから一人、ガリアから一人、扶桑から二人だな」

総勢で九人前後となる。統合戦闘航空団としてはまずまずだ。

「扶桑のウィッチは管野の知り合いかもしれないぞ」

ラルに言われて、直枝は首を傾げた。はてさて、ウィッチに知り合いはそこそこいるが、一体誰であろうか。

直枝の疑問をよそに、ラルは話題を戻した。

「さっきの続きだ。予備部品の補充を優先することになったので、嗜好品の補給があと回しになった」

この言葉に直枝だけではなく、ヴァルトルートとニパも「げっ」という顔になった。

嗜好品とは一般兵なら煙草や酒だが、ウィッチの場合はキャンディーやチョコレートといった甘味である。疲労を和らげリラックスもできるので、大変な人気がある。どうかすると奪い合いにもなった。

それが遅れるというのは、あまり穏やかな話ではない。

「甘いものにありつきたければ、敵を墜として補給路を安全にするかストライカーユニットを壊さないか、あるいは両方やることだ」

ラルは話が終わった合図に、ゆっくりコーヒーを飲んでいた。

隣に座ったヴァルトルートが囁いた。

「直ちゃん、甘いものなんだけどさ」

「なんだよ、オレのせいか？」

「そうじゃないよ。隊長はああ言うけど、先行して運び込んだチョコレートが倉庫にあるんだ。昨晩見た」

「どっかの盗賊みたいだな、あんた」

「一つ提案があるんだけど」

ヴァルトルートの言葉に、直枝の耳がぴくりとする。

「どんな」

「配給のチョコを賭けないか。一番多く撃墜した人が総取り」

「博打かよ」

直枝は呆れた。

娯楽の乏しい前線では定期的に賭けごとが流行する。チップや果物を種銭に博打をするのである。やり方はカードゲームからしりとりまでと幅が広い。多国籍な部隊だと手っ取り早い交流手段となるため、特に発生頻度が高くなった。

ただ推奨はされていない。給料を賭けて丸裸になったり、はなはだしい場合は武器弾薬までやりとりされることがあるためだ。

「バレたらどうするつもりだ」

ヴァルトルートが言った。

「黙ってれば分からないよ。直ちゃんは賭博が嫌い？」

「いいや。乗った」

直枝は即答した。

「急いでオラーシャに来たんで、読む本もなくて困ってたんだ。やろうじゃねえか。チョコはオレが全部もらう」

「いやあ、僕がいただくよ。きっとそれだけじゃ足りなくなるだろうから、直ちゃん自身を……」

不穏なことを喋りそうだったので、直枝は反対側を向いた。

「ニパ、お前もやれ」

「え？　賭けごと？」

ニパは少し驚く。

「そういうのっていいんだっけ」

「固えこと言うな。やんのかやんねえのか」

「やる」

ニパは返事をする。ラルは聞いているのかいないのか、二杯目のコーヒーに口をつけていた。


食事が終わり、直枝は食器を片付けると扉から出る。ラルとヴァルトルートはすでに食堂にいなかった。

廊下に出てすぐ、彼女は話しかけられた。

「君が管野直枝少尉？」

なんだと思いながら振り返ると、ブルネットの女性がいた。

セーター姿とスラックスは、一見して軍人ではないと分かる。どこか快活そうで、茶目っ気のありそうな瞳。直枝はリベリオン人だろうと見当をつけた。

彼女はもう一度「管野少尉？」と訊いた。

「そんなやつは知らねえ」

背を向けて歩こうとする。女性はあははと笑った。

「管野少尉だね。そういう返事をするってさっきのウィッチに言われた」

「誰だそりゃ」

「クルピンスキー中尉」

「あの野郎」

呟いてから、改めて女性に向き直った。

「あんた誰だ」

「あたしはシーモア。デビー・シーモアっていうんだ。カメラマンしている」

彼女は右手を差し出した。直枝は無視。

デビーは手を引っ込めた。

「リベリオンのグラフ誌と契約しててね。取材のためにオラーシャまで来たってわけ」

「これから寒くなるってのにご苦労なことだ」

デビーは首から一眼レフのカメラを提げていた。ポケットは膨らんでおり、ペンが刺さっている。恐らくメモ帳が入っているのだろう。他に紙袋を小脇に抱えていたが、中身がなにかは分からない。

食堂の扉が開いて、ニパが出てきた。彼女はデビーを見るなり言った。

「あ、その人。カンノを探していたお客さん」

「本当にオレの客なのか」

少し驚いてデビーを見る。

「なんでオレ？　こう言っちゃなんだが、初対面だぞ」

「港であたしのことを助けてくれたでしょ。お礼を言いたくて」

直枝はようやく合点がいった。留置所に放り込まれた原因は、女性が兵士に絡まれているところを助けたことだったが、その当事者なのである。

「留置所に入れられてたって聞いたから身元引受人になりたかったんだけど、どこだか分からなかったんだ。あのときはありがとう」

改めて握手を求める。今度の直枝は応じた。

デビーはにこりとする。

「で、お礼ついでに取材がしたくて」

「誰を」

「管野少尉と他全員」

「勝手にやんな。あとこの部隊全員揃ってねえぞ」

「それは聞いたよ」

二人は会話をしながら、通行の邪魔にならないよう端に寄った。ニパはいつの間にか立ち去っていた。

直枝はデビーを見上げていた。デビーの背が高いためだが、恐らく平均的なリベリオン人よりは低いだろう。上を向いた姿勢のままで言う。

「オレだってここを知ってるわけじゃない。むしろ知らねえことばかりだ。食堂行くのだって迷った」

「さっきネウロイを撃墜してきたって聞いたけど？」

「耳が早いな」

「職業柄だよ」

正式な広報でもない限り、一般人が戦況を知る手段はまず存在しない。しかしデビーのような職業だと、どこからともなく情報を得ていた。

直枝は答えた。

「たいしたことじゃない。ただ久しぶりのオラーシャだから勘が鈍っていた」

「共同撃墜なんだって？」

「戦果認定に不備があんだよ」

「今までのオラーシャ方面に比べて変化は？」

この質問に、直枝は怪訝な顔をした。

「なんだそりゃ」

「管野少尉は今までもオラーシャで戦っていたじゃない。そのときと比べてネウロイに変化があるのかって思って」

少し首を傾げた。

「さあな。ネウロイはネウロイだ」

「じゃあ502が編制された意味について」

「知らねえっての」

面倒くさそうに直枝は答える。実際に深い事情は知らない。

「必要だからできたんだろ。ラル少佐に聞いてくれ」

いい加減な返答だったが、デビーはメモ帳を取り出し、律儀に書きこんでいた。

「じゃあ、この基地で仲のいいウィッチは？」

直枝は顔をしかめる。

「なんだって？」

「友達。いない？」

「あのなあ、オレはウィッチだぞ。オラーシャまで遊びに来てるわけじゃねえ」

「いない、と」

デビーがまた書きこむ。直枝は口をへの字にした。

「一人で戦う方が気楽だって付け加えてくれ。あ、いや」

直枝は言い直した。

「いつか二人一組（ロッテ）で飛びたいって思ったりもする。それだけだ」

「なるほど」

彼女はメモ帳をポケットにしまった。

「ありがとう。当分ここにいるから、また取材させてもらうよ」

「一応最前線だぞ、命の保証はない。とんだ物好きだな」

「おかげで退屈（たいくつ）しないよ」

デビーは手をひらひらさせながら、廊下の先へと歩いて行った。

直枝はなんとなく彼女の背中を見送っていた。

「終わった？」

ニパがひょこりと顔を出す。直枝は飛び上がりかけた。

「なんだ、いたのかよ」

「終わっただろうと思って、戻ってきたんだ。知らない人だとワタシ緊張することがあるから」

直枝は疑問に思った。人見知り自体はそれほど珍しくないが、今のニパからはそう感じない。自分と知り合いになって二日とたっていないはずだ。

「なんでオレとは話できんだ？」

「なんでだろう。カンノとは平気なんだよねえ。あとクルピンスキーさん」

「褒め言葉だよな。道端の地蔵と同じで話しかけられるとかじゃなくて」

「地蔵？」

不思議そうになるニパ。直枝は手を振った。

「忘れてくれ。さっきのあいつはカメラマンだ。リベリオンから取材に来たとさ」

「へえ」

ニパも直枝と同じように、デビーが去った方向を見ていた。あっちには司令官室があるはずである。

「ワタシたちを取材して楽しいのかな」

「オラーシャ方面の戦いなんて、地味か悲惨かの二つだぜ。よくやるよ」

「逃げ出さなきゃいいけどねえ」

ニパが腕を組む。そのあたりは、直枝も同感であった。

＊　＊　＊

司令官室でラルが書きものをしているときにデビーはやってきた。

「失礼しますよ」

「入ってくれ。字ばかり見ていてうんざりしてたんだ」

ラルは座ったまま、リベリオンのカメラマンを歓迎した。

一般に階級というものは上がれば上がるほど書類仕事が増えると相場が決まっている。

ラルも今朝から「弾薬の納入」「敵機空襲時における避難手順」「冬季オラーシャにおけるストライカーユニットの塗装指定」にはじまり、「ストーブに　度に入れる薪の本数を一本から二本にすべき」や「迷いこんできた野良猫に階級をつけたい」などの些末なことまで、いちいち目を通す羽目に陥っていた。

例の三人に注意をし、朝食時間で一服することができたが、司令官室に戻ってきたらまた書類が増えている。全部に火を点けようかと真剣に考えていたところであった。

デビーは苦笑いをした。

「書類仕事はウィッチの天敵ですね」

「ネウロイは上層部に金を渡し、私を書類で溺死させようとしている。実に効果的だ」

彼女は「野良猫は大将にでもしとけ」と書きこむと、既決の箱に放り込んだ。

「この書類から逃れられるのなら、無駄話だろうと暗殺計画だろうとつきあうぞ」

「取材許可のお礼を持ってきました」

デビーは紙袋からリベリオン製ウィスキーの瓶を取り出した。

ラルは少し笑う。

「それはいいな。座ってくれ」

司令官室には立派なソファと木製テーブルがある。デビーに座るよううながした。

棚からショットグラスを取り出して並べる。デビーがウィスキーの封を切って二人分注ぐ。

軽くグラスを掲げて乾杯。もっともラルは口をつけなかった。

「オラーシャはどうだ？」

「はじめて来たんですけど、思ったより静かですね」

デビーは答えた。

「管野少尉には物好きって言われました」

「静かなのは今だけだろうからな。前は激戦区だった。多分、これからも激戦になる」

「派手に戦ってるのはブリタニアの501だと思っていたんですが」

「ブリタニアとオラーシャ、両方で戦えばネウロイの脅威を分散させられるだろうな」

「司令部はそのために、ペテルブルグに統合戦闘航空団を作ったんですか？」

「軍機に触れる」

と言ったものの、そのあたりは勘のいい人間ならすぐ分かることであった。腕利きのウィッチを遊ばせておくほど人類には余裕がない。

ラルはショットグラスを手にしたまま言った。

「ネウロイはオラーシャの大地に山ほどいて、こちらの物資は滞りがち。補給路はカレリア方面に頼りっきりだ。ネウロイもこの状況を利用しないほど間抜けではなかろう」

「リベリオンには、そのあたりを分かってくれる人が少なくて」

デビーはウィスキーをちびちび飲んでいた。

「やっぱりネウロイの脅威が身近にあるとないとじゃ、感覚が違いますからねえ。無邪気に戦いを肯定する人と頭から否定する人ばかりですよ。あとは興味ない人」

「平和で結構なことだ」

リベリオンや扶桑のようなネウロイの侵略を許していない地域と、無事なところがほとんど存在しない欧州とでは、人々のとらえ方に違いがあると言われている。「扶桑事変」でネウロイに遭遇した扶桑皇国はともかく、リベリオンは戦いに縁遠いため、「なにやら別世界で知らないことをやっている」としか考えていない人間も多いという。帰省や退役でリベリオンに帰ったウィッチが、あまりの空気の違いにショックを受けた事例もある。

デビーがグラスを傾ける。

「ペテルブルグに到着したとき、兵士に絡まれたんですけどね。リベリオン人め、呑気そうなツラしやがってみたいなことも言われましたよ」

「リベリオンは欧州からの移民も多いのだがな」

「分家がどこよりも大きくなってしまっては、本家もいい顔しないってのは理解できます」

「人間はなんとも複雑だ」

「欧州も口出しされたくないってのが本音でしょうよ」

「だが欧州はリベリオンからの支援がなければやっていけない」

ラルは言った。

「全欧州はリベリオンに大きな感謝をしてる。ウィッチの生活くらいいくらでも切り売りするし、雑誌の表紙を飾って広告塔になってもらう。扶桑人やオラーシャ人ならミステリアスな雰囲気も出る」

「だからあたしの取材を許可したんですよね」

ラルは直接返事をせず、「写真は分かりやすいからな」とだけ言った。

デビーはグラスを空にすると立ち上がる。ふと気づいたように、言った。

「そういえば、502にニックネームはありますか？」

「なんだそれは」

「501の噂を聞いたんですけどね。あそこはストライクウィッチーズっていうらしいですよ」

「攻撃？　気が利いているな」

ラルは感心した。自発的なのか上から与えられたのかは知らないが、なかなか士気の上がりそうな通り名だ。

デビーは質問を繰り返した。

「こっちにはないんですか？」

「そうだな……君が帰るまでには考えておこう」

それまでに書類仕事が終わっていたらな。ラルは自分で呟いておきながら、気が重くなっていた。

第二章 ГЛАВА 2

賭け金はチョコレート

直枝、ヴァルトルート、ニパの三人は、翌日から再びオラーシャ上空に舞い上がった。

今度はさすがに飛行許可をとった。ペテルブルグ周辺のパトロールは必要なのだ。監視哨も対空レーダーもあるが万全とは言えない。それに地上型ネウロイも警戒しなければならなかった。

当然だがラルも十分理解しており、却下はしなかった。

「モスクワ方面とリガ方面。一人ずつ、三交代での哨戒任務か」

ラルは直枝の提出した申請書を読んだ。

「二機編隊(ロッテ)で飛んだ方がいいんじゃないのか」

「そいつはちょっと」

と直枝は返事をした。

なにしろチョコがかかっている。三人とも獲物を見つけたら独占したいのだ。みすみす相手に撃墜スコアを献上することもない。それに彼女の場合、一人の方が気楽だとの理由もあった。

ラルは「ま、いいだろう」と言うと申請書にサインをした。

「頑張って飛んでこい。弾薬の無駄遣いはするなよ」

直枝は大喜びでヴァルトルートとニパの二人に知らせに行く。二人は格納庫で待っていた。

「よし、オレが一番な」

直枝は嬉々として宣言する。だがそれに抗議の声が上がった。

「えー、カンノが先？　そういうのはなあ」

ニパの言葉に、直枝は物騒な視線を向ける。

「いいだろ」

「ワタシが一番なのがいいと思うよ。ほら、スオムスとオラーシャは近いし。扶桑は遠いし」

「オレはその遠いところから出張ってんだぞ」

「ワタシは近いところから来た」

「意味分かんねえよ！」

直枝が言い返す。ヴァルトルートがにこにこしながら口を出した。

「じゃあ間を取って僕にしよう」

「なにが間だ」

「僕が最初で、あとはまあいいや」

「自分だけよけりゃいいのか！」

とはいえ撃墜機数を競うのだから、直枝にも自分がよければの気持ちがないとは言えない。菓子がかかっているとなればなおさらだ。

その後も散々議論し、結局はコイントスという古典的な手段で決定することになった。五回投擲して表の出る回数が多い順に出撃。最初の五回で同順が出たので、さらに五回投げて決めた。

結果、直枝、ニパ、ヴァルトルートの順番となった。

「やったぜ！」

直枝は他の二人を羨ましがらせようと、大袈裟にジャンプした。

「神様ってのは見てるんだな。オレが全部墜としていいってこった」

「さっさと行きなよ」

ニパが不機嫌そうに言う。

「ワタシは昼寝（ひるね）でもするから」

「なに言ってんだ。撃墜するところを無線で教えてやるから、聞いてろよ。下から見ててもいいぞ」

「やだよ」

ヴァルトルートはニパほど機嫌が悪そうではなかった。

「僕ものんびりしてようかな。最後だから」

彼女は例によって微笑（ほほえ）みを絶やさずに言う。

「見守っているよ。直ちゃんが離陸（りりく）するときの、セクシーな後ろ姿でもたっぷり日に焼きつけておく」

「あんたは目ぇつぶってろ！」

直枝は言い返すと、ストライカーユニットを装着して離陸した。

離陸している間中、自分の腰（こし）から下がすーすーして仕方なかった。見られるとなると、妙（みょう）に意識してしまう。

高度を四千メートルまで上げて、ようやくほっとした。

二人一組（ロッテ）で飛ぶ夢もあるとはいえ、やはり一人の方が安心できる。直枝は自由気ままに飛んで敵を墜とすのが好きだった。これまでずっとそうやっていた。そしてこのオラーシャで生き残ってきたのだ。

だいたい、ニパはともかくヴァルトルートと飛ぶのは危ない気がする。実力は知らないが、もっと別方面で身の危険を感じるのだ。あんなにベタベタしたがって、あいつは一体なにを考えているんだ？

直枝はコンパスで方位を確認すると、南へと向かった。

彼女の身体は早くも高揚感に満ちようとしていた。誰にも煩わされない分、魔力ののりも絶好調だ。鼻歌まで出そう。

天気は晴れ。絶好の空戦日和。太陽の方角から奇襲を受けないよう警戒しながら飛行した。

ペテルブルグを起点に、扇状に索敵をしていく。

しばらく飛ぶが、なにもいなかった。雲すらないので、ひたすら飛行するだけだ。

少し焦りが出た。

「まじぃな……」

早いうちにネウロイと遭遇したいから一番にこだわったのだ。出会った端から撃墜しておけば、相手も馬鹿ではないからもう出てこないだろう。攻勢時ならともかく、なにもないのだから、敵も連続して出撃をしないはずだ。

かといってまったく遭遇しないことも想定していなかった。

ふと前方を見る。黒く、巨大な物体が目に入った。一直線に進んでいる。

「いた！」

歓喜の声を上げると、魔導エンジンの出力を全開にする。

「こちら管野一番！　オリルノ上空でネウロイ発見！　攻撃する！」

基地からの返事は聞かず、ネウロイの頭上へと飛んだ。

大きさは中型。昨日見たものとは違い、半円球に四枚の直線翼がついた形をしている。

やはり昆虫の複眼そっくりの赤いパネルがついていた。

直枝は歓喜した。中型だったからではない。ネウロイの両側に、小型ネウロイが飛んでいたからだ。合わせて三機もいる。

「独り占めだ！」

くるりと一回転。逆落としになってネウロイへの攻撃をはじめた。

小型ネウロイが気づき、機首を上げて上昇してくる。

「遅い遅い！」

小型ネウロイは無視。九九式二号二型改機関銃の銃口から弾がほとばしる。中型ネウロイに吸い込まれていった。着弾と共に炸裂。外板が剝がれる。

直枝はネウロイの下に抜けると、旋回しながら上昇。今度は小型のネウロイが降下し突っ込んできた。

「いい度胸だ。お前らからいただく！」

直枝は機関銃を右から左へと薙いだ。むろん引き金は引きっぱなしであり、反動は身体全体で受け止める。

ハンマーで鉄を乱打するような音が鳴り響いた。

最初に右側の小型ネウロイに命中。ネウロイは炎に包まれてバラバラになった。

「次だ！」

左側の小型ネウロイに照準を移す。そのネウロイも光線を乱射しながら向かってくる。

直枝は空中で停止すると足を大きく跳ね上げて姿勢を変更。身体をねじる。光線がすれすれの所を通過。避けられたことを確信してから左側にスライド。

小型ネウロイの正面少し横に出た。

「喰らいな！」

一連射。機関銃弾が吸い込まれ、小型ネウロイを真っ二つにする。

ネウロイは細かい破片となって、地面へと落下していった。

残るは中型ネウロイだ。見ると、進路を変えて別方面へ飛ぼうとしている。

ここまで来たら逃がす道理はない。魔導エンジンを全開にして、ぐんと距離を詰める。後方から射撃開始。一回、二回と反復攻撃を仕掛ける。相手は全周に光線を放って直枝を撃退しようとするが、彼女のスピードについてこられない。

ネウロイに穴が開き、外板が剝がれ落ちていくが、まだコアは見えない。

「やっぱ、こういうのは近づかなきゃ駄目だな！」

真上に出てから最接近する。ネウロイの上部に足をつき、至近距離から弾を放つ。

連続射撃と炸裂音。真っ赤な球体が見えた。

コアだ。直枝はにやりとすると、残りの全弾を叩き込む。

中型ネウロイがぐらりと傾く。黒煙を発するや、爆発した。

「おっと」

直枝は急いで離れた。何度も巻き込まれるようなヘマはしない。今度は十分見極めていた。

ネウロイは四散していた。これくらいなら地上の監視哨からも見えるだろう。単独で撃墜したことも分かるはずだ。

直枝は手を叩き、自画自賛した。やっぱり一人がずっといい。好きに空戦できるしスコアは盗られる心配が無いと、いいことずくめだ。

さあ帰ろうと身体をペテルブルグに向ける。

と、左脚から異音がした。眺めるとユニットの一部が変形し、内部が露出している。

彼女は渋い顔を作った。

「ありゃ……破片でももらっちまったか」

攻撃している最中は気づかなかったのだから、たいしたことはない。飛行に影響はなく帰投できる。だがまた壊してしまったのだ。昨日の今日とはなかなかのペースだった。損傷は隠しようがない。悲しげなサーシャの顔を思い浮かべ、心がちくりとする。彼女が出張しているのが幸いだった。

ま、三機も墜としたのだから問題はないだろう。直枝はなるべくストライカーユニットに負担をかけないようにしながら、基地へと飛んでいった。

ペトロ・パウロ要塞の滑走路脇では、ヴァルトルートが待っていた。

着陸と同時に彼女は近寄ってきた。

「直ちゃーん」

ヴァルトルートが声をかける。

「接敵したんだね。無線聞いてたよ」

実況している暇はなかったものの、戦闘開始は知らせたし、戦闘騒音くらいは拾ったはずだ。そしてこうやって帰投した。

「任せろよ」

直枝は指を三本立てた。ヴァルトルートが不思議そうになる。

「三回しくじった？」

「そうじゃねえ！　三機だ三機！　三機墜としてやったんだ！」

「やるねえ」

彼女は素直に感心して、軽く拍手をした。

「さすが僕が見込んだとおりだ」

「あんたに見込まれるって、なんか不安になるな」

「じゃあ空戦の様子をじっくり聞きたいから、一緒にサウナに……」

「行かねえよ！」

直枝は伸びてくる手を払いのける。ヴァルトルートは手を引っ込めつつ訊いてきた。

「ところで、被弾してるんじゃないかな」

こいつ鋭いなと直枝は思った。ちゃんと見るところは見ているらしい。

「たいしたこたあねえよ。オレはぴんぴんしてるしまだ飛べる」

「怪我してないならいいけど、予備部品ないんじゃない？」

「きっと予備があるところがやられてるはずだ」

　確信はないが断言する。今は賭けの最中だ。ライバルに弱みを晒すこともない。

　ポーンポーンとスピーカーから音が鳴る。これから出撃だから滑走路を空けろとの合図だ。

　ニパが発進するところだった。

「行ってくるねー」

　手を振ると、そのまま離陸していく。二人は手でひさしを作りながら見送った。

　ニパの身体は順調に高度を上げていった。

「あいつ、余裕そうだな」

　直枝が呟いた。ヴァルトルートも言う。

「スオムスじゃ名の知れたエースだからね」

「どうかオレより墜としませんように」

　直枝は念じてから会話を切り上げて、格納庫へと向かった。

　破損した直枝のストライカーユニットを見ても、整備兵たちは無言だった。ただ整備班長だけはこう言った。

「もう壊したんですか」

「いいじゃねえか」

「俺たちが司令に文句言われるのは御免ですぜ」

直枝は拝むような仕草をした。

「分かってるよ。なんとか内緒のまま修理できねえか」

「予備部品を使うんですから、すぐにバレます」

「オレたちがいいもん食ってるのは知ってるだろう。あとで果物差し入れるぞ」

「任せてください」

整備班長は胸を叩いた。

ウィッチたちが、一般兵士や整備兵たちよりもいいものを食べているのは周知の事実である。これは万全の状態で戦ってもらうためだけではなく、すぐ死ぬから贅沢させるという切実な事情にもよる。

幸い昨日よりも損傷度合いは低い。直枝は見守っていたが、特に口出しすることもなかった。

やがてウィッチが帰還するとの放送がある。直枝は滑走路に出た。

ヴァルトルートもそこにいた。二人は上空を見つめていた。

まだ姿はない。直枝は呟いた。

「ニパは戦ったのかね……」

「敵と接触したって通信はあったよ」

だとしたら交戦したに違いない。問題は何機撃墜したかだ。

いくらもしないうちにニパの姿が見えた。

南東方面から帰還していた。ただ、あっちにふらふらこっちにふらふら、どうにも頼りない。高度も下がり気味だった。

「あんにゃろ、なにしてんだ」

直枝が口の中で言う。それでもニパは滑走路へアプローチする。慎重に速度を落としていた。

ゆっくり着陸、と思ったら落ちた。

ニパは操り人形の糸が切れたかのように、ぐしゃりと滑走路に落下する。直枝とヴァルトルートは慌てて近寄った。

「おい、大丈夫か？」

「ニパ君？」

その声が聞こえたか、ニパはむくりと起き上がった。

「あはは……落っこちた」

「なにやってんだ」

直枝は呆れた。ニパに怪我はないらしく、かなり元気そうであった。手で汚れを払っている。

「空戦したとき、反撃されてストライカーユニットが破損したんだ。騙しながらここまで持ってきた」

「よくやるよ」

直枝が自分のことを棚に上げて呆れる。ヴァルトルートがニパに手を伸ばした。

「平気かい。立てる？」

「うん、大丈夫」

ニパはにこやかに返事をし、自力で起き上がった。ヴァルトルートはどこか残念そう。

直枝はニパのストライカーユニット、Ｂｆ１０９Ｇ２の様子を見た。

「損害は……オレと同じくらいみてえだな」

彼女は肝心なことを訊いた。

「で、何機墜とした？」

ニパは黙って指を四本立てる。

「四機だと⁉」

　直枝は信じられずに聞き返す。

「戦果誤認（ごにん）じゃねえのか⁉」

「まさか。小型ネウロイだけど四機、ちゃんと墜とした」

　ニパはにやにやしている。胸まで張っていた。

「カンノは何機だっけ」

「うるせえ！」

　とりあえず罵る（ののし）。この手の戦果レースに大きさは関係ない。小型ばかりなんてずるいぞと言ったところで通用しなかった。

　ヴァルトルートは今度も軽く拍手をしていた。

「さすが僕が見込んだ女の子たちだ」

「だからよ、オレたちを見込んだのはラル隊長だろ」

「細かいことはいいじゃないか。じゃ、僕の番だね」

　ヴァルトルートが格納庫（ハンガー）へと向かう。同じようにストライカーユニットを装着して出撃するのだ。

　ニパは自分のストライカーユニットをこんこん叩（たた）いていた。

ドャア

「これ、直るかなあ」

「整備兵は大忙しだな」

　直枝が言う。これであっというまに二機損傷である。

　ニパがいささかうんざりしたようになっていた。

「ワタシ、国でもしょっちゅうＢ２３９やＢｆ１０９を壊していたよ。出撃禁止で格納庫の掃除させられたこともある」

「掃除？　仮にもエースが？」

「うん」

「わはは」

　直枝は遠慮なく笑った。

「そいつぁ傑作だ。また同じことになんじゃねえのか」

「やだよもう」

　ニパは恨めしそうに直技を見つめる。

「ねえカンノ」

「掃除すんなら一人でやれよ」

　と直枝。ニパはぶつぶつ言いながら、格納庫に入っていった。

出撃したヴァルトルートはなかなか戻ってこなかった。吹く風は冷たさを増し、オラーシャの空は暗くなりつつあった。

直枝はずっと修理を見守りながら、格納庫の隅で暖を取っていた。

ストーブに手をかざす。二十リットルのペール缶に廃材を突っ込んだ即席品だ。炎が揺らめき、ときおり木が爆ぜて火の粉が舞った。

ニパはしばらくいなかったが、やってきて同じように温まる。彼女も修理の具合を見つめていた。

「あー、ワタシよりもカンノの方が早い」

ぶつぶつ呟いている。直枝は手を擦りながら答えた。

「そりゃオレの方が先にとりかかったからな」

「それにしたって早いよ」

「昼飯に出たオレンジを渡したんだ」

整備兵の一人がこっちを見て手を振る。直枝は振り返した。

「やる気に違いが出るぞ」

「でも賭けてるのチョコだよ。デザートと釣り合い取れる？」

「これは女（ウイッチ）の意地の問題だぞ。細かいことはいいんだ」

直枝は即席ストーブの火を見つめた。

「……餅（もち）焼きてえな」

ニパがきょとんとする。

「餅ってなに」

「炊（た）いた餅米をこう、臼（うす）に入れて叩いて……説明がめんどくせえ。そういう食いもんが扶桑にあんだよ」

「得体が知れないなあ。そんなの食べるの？」

「もっぱら正月……新年早々に食うもんだけどな」

へえ、とニパは答えた。

「新年かあ、そろそろサトゥルヌス祭だね」

「まだ先だろ」

直枝は頭の中にカレンダーを思い浮（う）かべながら言った。

サトゥルヌス祭とは、農耕の神サートゥルヌスに生け贄（にえ）を捧（ささ）げ、翌年の豊穣（ほうじょう）を祈（いの）る祭りである。今では内容が変質し、十二月下旬（げじゅん）にもみの木を飾（かざ）り付け、ご馳走（ちそう）を食べながら乱痴気騒（らんちきさわ）ぎをしてもいい日となっていた。

欧州人にとっては戦時だろうと外せない祝祭日である。直枝も欧州で年を越したことがあるので、このことは知っていた。

ニパは火に手をかざしながら言う。

「楽しみだね」

「ちゃんとやれるのかね。扶桑でそんなこと言い出したら、戦争中に祭りとは何事だとか、文句つけるのが出てくるぞ」

「やなこと言わないでよ。扶桑人って真面目なの？」

「人のやることにケチつけるのは真面目じゃねえよ。ま、扶桑じゃサトゥルヌス祭よりは正月が本番だけどな」

だから餅を思い出すんだと直枝は付け加えた。

ニパは白い息を吐いた。

「地蔵とか餅とか、扶桑は不思議な国だね」

「オレに言わせりゃ欧州のがよっぽど不思議だ。なんで毎日米食わねえんだ。少しでも肉切らすと文句言うくせに」

「そういえば隊長が、今度料理作ろうって言ってた」

直枝は怪訝な顔でニパを見た。

「なんで航空団のトップが飯作るんだ」

「じゃなくて、ワタシたちが持ち回りで各国料理を振る舞うのはどうかって考えているんだって。交流にもなるからって」

「めんどくせえなあ。だいたい食材あんのかよ」

「ワタシはそういうの好きだよ」

ニパがもう一度ストーブに手をかざす。顔が橙色に染まり、時々揺らめいた。

「……ワタシさ、スオムスじゃ年が近いウィッチばかりだったから、ここに来るとき不安だったんだよね」

ストーブに廃材を一本放り込んだ。

「緊張しちゃうから」

「妙なやつだな。飛ぶんだから、心配したってしょうがねえだろ。空じゃどうせ一人か二人だ」

「あは。だからカンノは話しやすいよ。……カンノは扶桑で僚機とかいたの」

「これって決まった相棒はいなかった」

直枝はそう言ってから、

「いや、いるんだが、そいつとは一緒に飛んでない。すれ違いばっかりだからな……」

「振られたんだ」

「変な言い方すんな。タイミングがあわねえだけだよ。いつか一緒に飛べる」

彼女はストーブの炎をぼんやりと見つめる。手を軽く握っていた。

「オレの相棒はあいつなんだ」

「誰だか知らないけどうらやましいね」

「お前だってスオムスに相棒くらいいたろ」

「うーん、イッルかなあ。あ、ハッセかも。でも、二人ともここにはいないから……」

ニパの声に寂しげなものが混じっていた。直枝はそっと彼女の手を取る。

「あまり思いつめるな……」

「カンノ……」

見つめ返すニパ。直枝は言った。

「そいつらはお前のことなんか忘れちまってる。だから一人で頑張れ」

「えー！　ここは、オレが相棒になってやるってとこじゃないの!?」

思わず声を上げるニパに、直枝はにやっとした。

「甘えんな。オレの相棒は一人しかいねえよ」

「ワタシだってイッルのがいいよ！　あとイッルとハッセがワタシのこと忘れてるって言

った！」

「人の心は移ろいやすいんだ。文学的だろう」

「カンノのばーか！」

言い争いをしていると、格納庫の天井に取りつけられたスピーカーが、ブザーを響かせた。続いて野太い男性の声。

『ウィッチ帰還、ウィッチ帰還。当該機は被弾をしている模様。救急班は滑走路へ……』

直枝とニパは最後まで聞かずに滑走路へと出た。

外は薄暗い。救急班がストライカーユニットを運ぶカートと、念のため担架を持って待機する。直枝とニパは目を凝らして空を見た。

やがてヴァルトルートが現れた。

両手でMG42機関銃を抱えている。一見なにごともなさそうだが、両脚からは煙を噴いていた。

「うわ、燃えてやがる」

「おおごとだ」

と言ったものの、直枝もニパもどこか冷静であった。むしろ救急班が泡を食っており、慌てて消火準備をはじめていた。

ヴァルトルートは落ちることなく、そのまま着陸した。

救急班が急いで専用の消火液を撒き、「中尉殿、早く外してください！」と叫んでいる。

当のヴァルトルートは涼しい顔。

「やー、ちょっと被弾しちゃった」

遅れてやってきた直枝とニパに手まで振っている。

整備兵たちがよってたかってストライカーユニットを外す。ヴァルトルートには担架に乗るよううながしていた。

「わりと激戦だったよ」

直枝とニパに言った。

「上を見ても下を見てもネウロイばかりで、大変だったんだ」

「それで、何機墜としたのさ」

ニパの質問に、ヴァルトルートは不敵に笑う。

「八機ってとこかな」

「……八!?　ワタシの倍！」

「オレなんか倍どころじゃねえぞ！」

直枝は仰天する。

「ホラ吹くにも限度ってもんがあんだろ！」

「嘘じゃないよ。ウィッチの撃墜認定は厳正だからねえ。ちゃんと墜とした」

よっこらせとばかりに担架に乗る。直枝は救急班に言った。

「こんなやつ乗せることあねえぞ。歩かせろ」

「直ちゃん、僕は怪我人だよ」

「どこ怪我してるってんだ」

ストライカーユニットは火を噴いていたが、ヴァルトルルートは傷一つない。服も破れていなかった。

直枝は彼女を担架から引きずり下ろした。

「歩け！　それに八機も墜としたんだから、祝儀にあんたがオレとニパを運びやがれ」

「カンノにさんせーい」

ニパも手を上げる。ヴァルトルルートは笑いながらも拒絶。

「それは駄目だなあ。この勝負、僕の勝ちなんだから。勝利者は僕。チョコレートも僕」

「ぐ……」

直枝は絶句したが、急いで首を振った。

「いや、まだ分かんねえぞ。チョコの配給はもっと先だ」

ニパも即座に賛同する。

「そうそう。だいたいなんで中尉ばっかり敵とたくさん遭遇するんだよ」

「今日のネウロイは午後出勤だったんじゃないかな」

「そんなことあるの？」

「きっとあるよ。公務員なんじゃない」

「まさか」

ニパが呆れる。ネウロイの行動パターンは多く収集されているものの、まだ解明まで至っていない。一部では「侵略者ではなく、災害、病気のたぐいではないか」と大真面目に議論されていた。

直枝の強硬な主張によって、救急班はストライカーユニットだけを運んでいく。滑走路には三人が残された。

吹きさらしの場所では寒さが肌に染みてくる。三人は引き上げることにした。

戻って戦闘報告書を作成したらすぐに夕食である。昨晩よりも静かに食事ははじまった。

暫定撃墜数トップのヴァルトルートは終始上機嫌であり、直枝とニパの口数は少なかった。そのためか、ラルは不思議そうにしていた。

「報告書に目を通したが、三人とも、見事な戦いぶりだった」

「どうも」

ヴァルトルートだけが返事をする。ニパは無言でシチー（野菜スープ）をすすっており、直枝は挽肉のコトレータ（揚げ物）を親の仇のようにかじっていた。

ラルは怪訝な顔をするも、話を続ける。

「一日でこれだけの戦果を挙げている。自賛するが、私の見立ては正しかった」

「さすがエクスペルテは考えることが違うね」

ヴァルトルートの言葉にラルは苦笑い。

「皮肉か？　なんであれ戦果は戦果だ。勝利を祝して特別配給をしよう。リベリオンのチョコレートがあるから全員に配る」

喜びよりも、驚きが先に来た。

直枝は思わずヴァルトルートを見た。

（……この野郎！　こうなるって分かってやがったな）

直枝は視線を飛ばす。ヴァルトルートは、

（なんのことだろう）

と視線だけの返事をよこす。

（僕じゃなくてラル隊長が言ってるんだよ）

（全部持ってく気か！）

（中尉はずるい、横暴だ）

これはニパだ。まばたきを速くしている。

（カールスラント人によるチョコレート独占反対！）

（賭けは賭けだからさあ。まさか反古にしてスオムス人の評判下げないよね）

（うう……）

ニパは反論できず、口をぱくぱくさせるだけだった。

見ていたラルが言った。

「君たちはなにか話しているのか？」

「そんなことないよ」

ヴァルトルートが首を振る。ラルは納得していないようであったが、

「まあいい。明日の朝食後にでも配給を……」

「隊長！」

直枝が言った。ついでに手も上げた。

「配給はもっと先にしてくれないかな」

「チョコレートだぞ。早く食べたいんじゃないのか」

「補給が滞ってるのに贅沢は言えねえ」

直枝は真面目くさって首を振る。

「オレたちの戦い方がまだまだ足りないから、補給品が届かないんだ。今チョコレートを食べたら罰が当たる」

ニパも即座に同意した。

「これだけ撃墜しても補給が届かないのは502全体の責任です」

「502はまだ編成から数日しかたってないだろう」

「ワタシたちは人類の期待を背負っています。甘いことは言えません」

「責任感が強いのはいいことだが……」

ラルの言葉にかぶせるように直枝は言う。

「チョコレートは当分先でいい。そうすりゃオレのスコアも伸びて……あー、補給が改善されるだけの戦果を挙げられる」

「そうそう、カンノの言うとおりです」

ニパも同意見だとうなずいた。

ヴァルトルートはやられたと言わんばかりの顔をしているが、反論はしていなかった。

ここで下手なことを口走ると、二人が「この女がギャンブルに誘ったんです」と売る可能性があるのだ。常に敵の裏をかいてやろうとする航空ウィッチは、多かれ少なかれこんな思考である。

ラルは意見を認めた。

「なら、特別配給はもう少し先にしよう。このペースで戦果を挙げられれば、補給の改善も遠い話ではあるまい」

「さすが隊長」

二人は機嫌を直し、にこやかに食事を続ける。逆にヴァルトルートは無言のままだった。

ラルは思うところがあったらしく食事の終わり際に訊いてきた。

「……君たちは、なにか私に言うことはないのか」

この時ばかりは三人とも「ありません」と声を揃えた。

＊　＊　＊

それから一週間、チョコを賭けた出撃が続いた。

朝早くから単機で出撃し、目を皿のようにしてネウロイを探し、発見するや勇躍して攻撃する。そして戦果を片手に帰還して、互いに数を競っていた。

たかがチョコレートと言うなかれ。これには女(ウイッチ)としてのプライドがかかっているのだ。三人ともオラーシャ方面での戦いが長く、勝手も知っている。

そもそも直枝はこういうことに闘争心(とうそう)を剝(む)き出しにするタイプで、ヴァルトルートも引っ込んでいたりはしない。ニパはあまり戦果に拘泥(こうでい)しないが、やるとなれば負けないとの思いを強く出す。

チョコレートの数で格が決まってしまうのだから、本気になるのは当然だ。一日に二回、三回と出撃回数を増やしていた。

「よし、今日は四機墜としたぞ！」

直枝は空中でガッツポーズを作った。眼下では、ネウロイが四散しながら落下しているところであった。

「これであいつらに並んだだろ」

初日の出遅(でおく)れが響(ひび)いたか、今のところ直枝は最下位だった。ニパとのスコアはほとんど離(はな)れていないのだが、なにしろヴァルトルートの撃墜ペースが速いのだ。

直枝とニパは、敵とまったく遭遇せず撃墜できない、いわゆる「坊主(ぼうず)」の日もあるのだが、ヴァルトルートにはそれがない。一機だけでも墜としてくるのである。

「ネウロイに金渡(わた)して目標になってもらってんじゃねえのか」

あるとき直枝がこう言うと、ヴァルトルートは今気づいたと言わんばかりの顔をした。

「そうか、その手があるね」

ふざけたところのある女だが、腕がいいことは直枝も認めざるを得ない。それだけにスコアで抜いてやるとの決意は日に日に増していた。

直枝は高度三千メートルで身体をペテルブルグに向け、帰還の途についた。

右脚のストライカーユニットから異音がする。見ると外板が剝がれかかっていた。また被弾したのである。

速度に気をつけながら基地に戻る。ちょうどニパも帰還したところであった。

当初は順番に出撃していたが、誰が先に出るかで決まって揉めるので、同時に離陸するようになった。ラルは「疲労するだろう」と言ったが、「ウィッチは疲れません」という無茶な理屈で押し切った。

「お帰り、カンノ」

ニパのストライカーユニットは黒く焦げている。似たような箇所に被弾していた。

直枝が言う。

「またやらかしたのか」

「人のこと言えるの？」

「ネウロイのせいだ。オレは被弾したくないと思ってる」

「ワタシだって同じだよ」

改めて直枝は質問した。

「何機やった？」

「四機」

「くそ！」

直枝は天を仰ぐ。いっこうに差が縮まらなかった。

ニパは一見幼くて（これは直枝も同じ）無邪気なところも多いが、バリバリのエースウィッチだ。こう見えて空戦では容赦しないタイプなのである。

問題はヴァルトルルートである。待つことしばし。基地上空に「黄色の5番」が姿を現す。ヴァルトルルートは綺麗なアプローチを決めて着陸する。直枝とニパを発見するや、左手をぱっと広げた。

二人は「あー」と嘆いた。

「五機かよ！」

「なんで中尉ばっかり墜とすのさ」

ぶつぶつと文句を言う。ヴァルトルルートはにこやかだった。

「いやあ、ごめんね。配給日が延びたのがよかったよ」

「自分を呪ってやりてえよ」

直枝は自分自身を罵り、ふと気がついた。

「なんだ、中尉も損傷してんのか」

ヴァルトルートのストライカーユニットも被害を受けていた。「5」と書かれた部分に穴が開いている。

「こないだも、ここ壊していたろ」

「あのときは外板が変形しただけだよ。今度は中もやられた」

「余計悪いじゃねえか」

ニパもストライカーユニットに触り、こりゃ駄目だみたいな顔をしていた。

「また整備班に文句言われちゃうんじゃない」

「やっぱりそうかな」

とヴァルトルート。これには直枝も同感だった。三人ともどこかしら壊して帰ってくるため、整備兵が恨みがましい目つきをするのである。

「オレ、整備兵にデザート分けてるんだけど、足りないと言い出してきたぞ。あいつら贅沢になりやがって。賄賂にも限度ってもんがあるんだ」

ニパが直枝の肩に手をやる。

「それはカンノが壊しすぎるからだよ」

「お前も人のこと言えんのかよ！」

「イッルならこんなことないんだよなあ」

ニパは息をつく。しばしば出てくるこのイッルとは、エイラ・イルマタル・ユーティライネン中尉のことだ。スオムスの誇るスーパーエースで、どれだけ戦おうがまず被弾しないことで知られている。整備兵から見れば神様みたいな存在である。

しかし彼女たちはユーティライネンではなく、ついでに神様でもないため、被弾は免れなかった。それにしても多すぎるので、整備兵たちの愚痴が増すのである。

明かりの灯った格納庫では整備兵が忙しく働いている。

ちょっと前までは殺風景だった格納庫も、今は様々な資材や道具などが運び込まれ、ずいぶんと賑やかになっていた。ストライカー発進ユニットも数多く並べられている。

整備兵たちはもはや壊れたストライカーユニットを見ても驚かなくなったが、整備班長だけは顔を渋くしていた。

「またですかい」

とりあえず言い返す直枝。

「その台詞、二日ぶりだな。毎日言われるかと思ってたのに」

「昨日は少尉殿が坊主だったからでしょうが。そろそろこっちも、司令相手にごまかすネタが尽きてきましたよ」

「そこをなんとか頼む。今度酒持ってくるから」

直枝は拝み倒した。裏方を怒らせていいことはひとつもないので、ここはひたすら平身低頭である。

ふと見ると、ストライカー発進ユニットに、見慣れない機体が格納されようとしていた。

「おーい、そいつぁなんだ？」

直枝の呼びかけに、年若い整備兵が振り返る。

「ポクルイーシキン大尉のＬａ５です」

「隣のは？」

「ロスマン曹長のＢｆ１０９Ｇ６です。今朝届きました」

Ｌａ５、正確にはオラーシャ製ラヴロフ設計局のＬａ５ＦＮがサーシャのストライカーユニットなのは分かる。だがＢｆ１０９Ｇ６を使用するウィッチ、ロスマン曹長は知らない名前であった。

「ロスマン？　先生来るんだ！」

　驚いた顔をしたのはヴァルトルートである。直枝は彼女のことを見る。

「知り合いなのか」

「エディータ・ロスマン曹長。ヒスパニアからの古参のウィッチで、空戦教えるの上手だよ。ラル隊長、先生引き抜いたんだ。文句ついたろうなあ」

　ヴァルトルートによると、教え上手なエディータはどこの部隊でも引っ張りだこで、「何年何月から何年何月まではこの部隊」と、貸出規則まがいのことまで決められているらしい。

　ヒスパニア戦役以来の大ベテランとなれば、何度も裏技を使わなければ連れてこられない。慣例を全部とばして引き抜いたとあれば、相当恨まれたはずだ。

　直枝は素直に感心した。

「へー。そいつぁ大物だ」

「先生に教えてもらえれば、ペンギンだって空を飛ぶって言われてるんだ」

「たいしたもんだ。そのへんの野良犬でも捕まえて、ウィッチにするか」

「エーリカを育てたのも先生だよ」

　これはエーリカ・ハルトマン中尉のことで、第５０１統合戦闘航空団に所属するウィッチである。現在のところ撃墜数は百五十機を超え、まだまだ伸びる勢いだ。ヴァルトルートは一時期彼女と同じ部隊にいた。

　直枝は再び整備兵に声をかける。

「ロスマン曹長ってのは、いつ来るか知ってるか？」

　整備兵がストライカーユニットの向こう側から顔を出した。

「さあ。オレたちには知らされてないですよ」

「そりゃそうか」

「でもストライカーユニットが届いたってことは、そろそろじゃないですかね。ポクルイーシキン大尉も帰ってきたみたいですし」

「分かった。すまねえな」

　返事をしてから、ふいに直枝は思った。

「ん……？　サーシャが帰った……？　てことは……！」

　ほぼ同時にヴァルトルートもニパも目を見開く。

　ニパが口をぱくぱくさせてから叫んだ。

「まずいよ!?」

　直枝は整備兵たちのところに駆け出すと、大きく手を振った。

「おおい、修理は中止、中止だ！　いったん中止！」

泡を食った直枝とは対照的に、胡散臭そうになる整備兵たち。

「なんですか藪から棒に。ちょうど少尉殿のユニットに取りかかるんですよ」

「んなこたあいい、なにかでそいつを隠せ！」

「ええ？」

さすがに整備兵たちはいぶかしんでいた。

「隠すって……」

「壊れてるのがサーシャにばれたら、どんな目に遭わされるか分かんねえんだよ！」

「そりゃ少尉殿の自業自得でしょうが」

「正論なんか犬に食わせろ！」

ストライカーユニットの準備をしているのだから、絶対に様子を見に来るはずだ。直枝たちが帰還したので空戦の模様も聞きに来るだろう。それまでになんとかしなければならない。

「直ちゃん、シートがあった！」

ヴァルトルートが、両手に薄汚れたシートを抱えてきた。

「よし、そいつで隠そう！　ニパ、手伝え！」

「うん！」

三人がかりでシートを広げ、破損したストライカーユニットの上から被せる。整備兵たちは呆れたのか見ているだけだった。

ヴァルトルートとニパのストライカーユニットはこれでなんとかなった。が、直枝の零式艦上戦闘脚二二型甲だけはそうもいかない。

「中尉、シートはもうねえのか⁉」

「あれだけだよ」

「仕方ねえ、箱とか煉瓦とか……なんでもいいから積み上げろ！」

格納庫内には廃材や使えなくなった部品が転がっている。それらは脇に置かれているので、持ってきてはストライカーユニットを隠すように積むというのを繰り返した。

ちょうど全部隠れたところで、基地本部に繋がる扉からサーシャが姿を現した。後ろにはカメラマンのデビーがいるから取材に応えていたのだろう。終わったので格納庫にやってきたのだ。

三人は駆け出すと一列に並び、一斉に敬礼をした。

「お帰りなさい、大尉殿！」

「ああ……はい」

息の合った言葉に、サーシャは目をしばたたかせて答礼する。

「ただいま……？」

「大尉殿の無事なご帰還に、ウィッチ一同安堵しております！」

「ロスマンさんを迎えに行っただけですよ……？」

「さすがは大尉殿です！」

直枝の滅茶苦茶な台詞に、サーシャの頭に疑問符が乱舞した。

彼女は格納庫内に進み出る。ざっと様子を確認していた。

「皆さんは、今日も出撃したようですね」

「撃墜戦果は、私管野直枝が四機、ニッカ・エドワーディン・カタヤイネン曹長が四機、ヴァルトルート・クルピンスキー中尉が五機であります！」

「素晴らしい。見事です」

サーシャは賞賛する。デビーがカメラを構え、三人をフィルムに収めた。

三人は直立したままだ。サーシャはもう一度格納庫内を見回した。

「……どうして整備の人たちはにやにや笑っているんですか？」

「リベリオンのカメラマンが珍しいためだと思われます！」

デビーが肩をすくめる。サーシャはますます怪訝に思っていた。

「妙にかしこまりますね……あのシートはなんです？」

彼女は盛り上がったシートを指さした。

直枝の口元が引きつる。代わりにヴァルトルートが答えた。

「あれはね、えーと……サイドカー。サイドカーを修理してるんだ」

「この基地にサイドカーがありましたか？」

「オラーシャの市民が寄贈してくれたんだ。ウィッチの空戦が少しでも楽になればって」

「サイドカーですよ？　最近のサイドカーは飛ぶんですか？」

「ははは、やってみなきゃ分からないじゃないか」

ヴァルトルートは冷や汗をかきながら喋っていた。

サーシャの視線がシートの横に動いた。そしてそこには、積み上げられた廃材による、奇天烈なタワーが存在していた。

急いで積んだためアンバランスであり、どうかすると怨念が込められているようにも見える。今にも崩れそうなところも実に不気味だ。

「……あのオブジェはなんです」

「あー……あれは、その……なんというか……」

口ごもるヴァルトルートの横から、ニパが言った。

「あれあれ、ほら、サトゥルヌス祭の人形！」

「さすがニパ君。そうそう、サトゥルヌス祭も近いから、人形を作ったんだ」

ヴァルトルートが何度もうなずく。ニパは続けた。

「やっぱりこれがなきゃサトゥルヌス祭じゃないよ！」

三人ともこれはよくできた言い訳と思ったが、サーシャの頭上の疑問符はどんどん大きくなっていた。

「サトゥルヌス祭はまだ先です。それに箱と煉瓦を積み上げて隙間にボロ布を突っ込んだものが人形なんですか？」

「物資が不足してるから、こんなのしかなくて」

「私にはなにかを隠そうとしているように見えます」

「まさかあ」

ニパだけではなく、他の二人も笑った。

聞いているサーシャの顔は、完全に疑問の色で塗りつぶされていた。腕組みをして、指でとんとん叩く。

しばらくそうしていた。

「……まあ、いいです。今はそういう話をしに来たんじゃありません」

サーシャは疑問を追い出すかのように深呼吸をした。

「聞いたかもしれませんが、エディータ・ロスマン曹長が当基地に赴任します。それにともない教育係曹長となり、私は戦闘隊長の職に専念します。補給品の話もつけてきました。これまでよりは改善されるでしょう……壊していませんよね？」

三人はもちろんとばかりに大きくうなずいた。ようやくサーシャはにこりとする。

「結構です。本日の戦闘報告書は明日の朝一番で提出してください。では」

彼女は元の扉から出て行く。

三人はほっとして息を吐く。と、また扉が開いた。

サーシャが顔だけを出していた。

「そうそう、隊長がチョコレートの特別配給をすると言っていましたが」

彼女は整備兵に向かって告げた。

「これは整備の皆さんに差し上げましょう。遠慮せず受け取ってください」

歓声が上がる。ずっと見物していた整備兵たちは、飛び上がって喜んでいた。

聞いた三人は同時に文句を言った。

「そりゃないぜ！」

「あれは僕が総取りするんだよ！」

「チョコ欲しいのに！」

サーシャは笑みを崩さずに言う。

「隠すからです」

今度こそ彼女は扉を閉めた。

整備兵たちは小躍りしている。輪になって歓喜の歌を歌いそうだ。対照的に直枝、ヴァルトルート、ニパの三人はがっくりと落ち込んでいた。

そこでデビーがシャッターを切った。

「撮るんじゃねえよ！」

直枝は腹立ち紛れに怒鳴りつけた。

第三章 3 ГЛАВА

扶桑からの手紙

次の日の朝に到着したエディータ・ロスマン曹長は、銀色の髪をした、いかにも几帳面な顔立ちのウィッチであった。軍服をいかに着崩すかチャレンジしているヴァルトルートと違い、全てのボタンをきちんと留め、染み一つない。

基地の作戦会議室で、ラルはエディータを紹介した。

「彼女がエディータ・ロスマン曹長」

エディータはぺこりと頭を下げる。

「どうぞよろしく」

「来てくれて助かる」

ラルがほっとしたように言った。エディータは微笑む。

「まさか統合戦闘航空団に誘われるとは思っていませんでした」

「引き抜(ぬ)くのに骨が折れた。第５戦闘航空団(JG)なんか私が基地に近づいたら無警告で発砲(はっぽう)するとまで言ってたぞ。だからわざわざサーシャを迎えにやったんだ」

「危(あや)うく基地の金庫の中に隠(かく)されるところでしたわ」

　彼女は５０２のメンバーをざっと見渡(みわた)す。

「見たところ、私が教えることはなさそうですが……」

「オラーシャの激戦をくぐり抜けてきたベテランばかりだからな」

「帰ってもよろしいですか？」

「駄目(だめ)だ。今後新兵が配属されることもあり得る」

　ラルはそう言ってから、

「エディータと初対面のものもいるだろう。管野(かんの)とニパがそうだな。エディータは教育のベテランだ。見てもらうといい」

　ニパが直枝(なおえ)に囁(ささや)く。

「カンノ、見てもらえって言ってるよ」

「お前もだろ……今さらなに見てもらうんだ」

　直枝もニパもオラーシャで戦い続けたベテランである。激戦をくぐり抜けてきた自負もあった。今さら教わることがあるとは思えなかった。

「補充で新米とか来んのか？」

「ワタシたちが撃墜されたらの話だよねえ」

「転ばぬ先の杖ってやつなのか」

「ワタシ転ぶのやだよ」

ラルが言う。

「ようやく統合戦闘航空団として体裁が整ってきた。今日から本格稼働開始だ」

ヴァルトルートが軽く手を上げる。

「いっそ、もっとたくさんウィッチを引っこ抜けば？　可愛い順で」

「そんなことをしたら本当に血を見るかも知れん。今のところ統合戦闘航空団は506まで創設されることが決定されている。優秀な人材はどこも喉から手が出るほど欲しい。相手の懐に手を突っ込むような真似をしてみろ、航空団長の会合で摑み合いか殴り合いだ」

「応援しますよ」

「あてにならん」

「可愛いと噂のリトビャク中尉をここに呼ぶのはどうだろう。それかララサーバル中尉を」

「もう試した」

それ以上言わないところを見ると、失敗したらしい。ヴァルトルートは「ちぇ。残念」と呟いた。

会話が終わったところを見計らい、サーシャが口を開く。

「現在、管野さん、クルピンスキーさん、ニパさんのストライカーユニットは修理中です。よって午前中の哨戒飛行は私がおこないます」

ミーティングはこれで散会となった。直枝とニパは並んで廊下を自室まで歩いた。

ニパが呟いた。

「ロスマンさん、話しやすい人かな」

「教育係なんて鬼に決まってる」

「知らない人と会話するのは緊張するなあ」

「お前はその癖をどうにかしろ」

ニパは自室に引っ込んだ。直枝も自分の部屋に戻った。

ウィッチの個室内にはセントラルヒーティングのラジエーターだけでなく、薪ストーブも備わっている。暖房という意味では二つも必要ないのだが、セントラルヒーティングがしばしば臍を曲げるので薪ストーブが活躍していた。あと薬缶でお湯を沸かせる。

直枝は昨夜の燃え残りに火を点けると、何本か薪を放り込んだ。それからベッドに腰かける。

なんの前触れもなく扉が開いた。

「直ちゃん、いる？」

「わっ」

入ってきたのはヴァルトルートだった。直枝は顔をしかめた。

「ノックしろ！　着替えていたらどうするつもりなんだ」

「喜んで入るよ」

ヴァルトルートは椅子を引き寄せて座った。

「ニパ君もいる」

見ると、ニパもひょっこり顔を出していた。

「揃ってるねー」

彼女は小脇に荷物を抱えていた。入ってくると絨毯の上に直接座る。

直枝は呆れた。

「どうなってんだ。二人してやることないのか」

「当たり。今日はやることないからさ」

ヴァルトルートが言う。

「カンノなら相手してくれると思って」

とニパ。

「飲みものもありそうだから」

「たかりかよ」

直枝は嘆いた。

人が増えたので室温が上がってきている。暑くなりすぎないように、直枝は薪ストーブの扉を閉めた。

ヴァルトルートが室内を見回していた。

「殺風景だね」

「ほっとけ。あんたのとこも同じだろう」

「前も思ったけど、ベッドがシングルなんだよね。大きくなきゃ二人で寝られないのに」

「どうして二人で寝るんだよ」

「寝たじゃないか」

ニパが信じられないような眼をしたので、直枝は「誤解だ。中尉の陰謀だ」と主張した。

室内が殺風景なのは本当である。あらかじめ備えられている粗末な家具と、私物の入った行李しかない。前線暮らしが長いと、頻繁に移動するため荷物を減らす傾向にある。

二人がただ座っているので、仕方なく直枝は三人分の飲み物を出すことにした。

「呼んでもいねえのに、どうしてもてなさなきゃならねえんだ」

ぼやきながらも、サモワール（給湯器の一種）が温かいのを確認し、ロシアンティーを入れる。

「ほらよ」

テーブルにカップを置く。ニパは礼を言って口をつけた。

ヴァルトルートはロシアンティーがもう少し冷めるまで待っていた。

「直ちゃん、整備兵がさっき探してたよ」

「もう終わったのか」

「酒をくれるはずなのに持ってきてないって」

「あー、そういえば」

直枝は小さく舌打ちをする。

「つい口走っちまった。中尉、あんた酒持ってないか」

「あるけどあげない」

「くれよ」

「これはあげられない」

ヴァルトルートは首を振る。

「貴重品なんだ」

彼女は明確に拒絶してから、

「直ちゃん扶桑のお酒とか持ってるんだと思ってた」

「酒は飲まねえよ。どうすっかな……」

すると、早くもカップを空にしたニパが口を開く。

「あのカメラマンが持ってたよ。デビーだっけ。隊長にあげたみたいだけど」

「じゃあ司令官室にあるのか」

直枝は腕を組んだ。とすると、どうにかしてラルから酒を手に入れなければならぬ。正面からお願いしに行っても、狂ったと思われるか、代わりに膨大な任務を押しつけられるのがオチだろう。

「しょうがねえ、なんかあとで手は考えるとして……」

彼女はニパの膝に目を向けた。

「さっきから持ってるそりゃなんだ」

「ああこれ、渡しそびれてた。カンノに届いた荷物」

ニパによると、廊下で基地内の配達係と出会ったので、代わりに受け取ったのだという。

「なんか重いんだけど」

「どれ……おっ、来た来た」

直枝はニパから受け取ると、嬉しそうに梱包を解く。中身は本、しかもガリア語で書かれた数冊の文学書であった。

転属前に注文しておいたのである。シャトーブリアン、ユーゴー、バルザックなどだ。新品ではなく中古だったが、待望の荷物に直枝は相好を崩していた。私物を減らしてもこれだけは別なのだ。

ヴァルトルートが興味深げに眺める。暴れん坊のウィッチと文学は、いかにも合わないように感じられた。

「それ、読むのかい？」

ページをパラパラめくっていた直枝は顔を上げる。

「なんだよ。扶桑人にガリア語は読めねえと言いたいのか」

「そうじゃないんだけど」

「待機中の基地なんてやることねえから、本を読むんだよ」

ヴァルトルートはまだ意外そうにしていた。

「なんか似合わないなあ」

「大きなお世話だ。教養もねえウィッチなんざ馬鹿にされるだけだ。カールスラント人もちったあ文字に親しめ」

「文学なんてここ数年読んでないよ」

「しょうがねえなあ。あのな、国に帰って文学サークルに入るとするだろ、一冊も読んでなかったらどうするつもりなんだよ。恥かくぞ」

「どうして文学サークルに入るのが前提なの……可愛い娘がいるのなら話は別だけど」

「野蛮人はこれだから困る」

ニパは他の荷物も渡した。

「はいこれも」

紐でしばられた手紙の束だった。直枝はきょとんとした。

「なんだこれ」

「カンノ宛」

「実家からか？」

「さあ。ワタシと中尉の分もある」

直枝は束ごと受け取った。

差出人を見る。大半が軍司令部から転送されており、覚えがない。これは縁もゆかりもない人が、ウィッチの誰かに届くようしたためたものだ。いわゆる「人類のために戦うウィッチに励ましのお便りを出そう」というやつで、地域によっては学校で生徒に書かせることもある。意味のない行為にも思えるが、士気向上の役にはたっていて、心待ちにするウィッチもいた。

もっとも中には、得体の知れない手紙も混じっている。

「ちぇ、また来てやがる」

直枝は顔をしかめながら、文面に目を走らせた。

「……神からの御使いであるウィッチの皆さんは今すぐ私たちの同志となって今生を生き抜きましょう……我らと共に立ち上がるのです天翔る戦士たちよ審判の日は迫っています……さあすぐ銃を手に取れ革命の輩よ、ウィッチによる寄付は歓迎です……馬鹿馬鹿しい」

ベッドの上に放り投げた。

勧誘の手紙だった。戦っているウィッチに宗教的な意味を見いだし、聖人としてたたえる、あるいは入信を勧める新興宗教は数多く存在する。中にはネウロイこそが神の使徒であり、抵抗することは罰当たりであると主張する教団もあった。

これらは戦争が長引くにつれて数を増しており、先の見えない不安と疲弊から発生したものであると推察されていた。

「こういうのは検閲してはねろよ。読むと頭がくらくらする」

直枝は嘆いた。

ニパとヴァルトルートも、自分宛の手紙を読んでいた。

「ワタシのには、あなたはヴァルキューレの生まれ変わりだから一緒にヴァルハラまで行きましょうって書いてある。あそこ、死んだら行く場所じゃなかったっけ」

「僕のは、よくも妹に手を出したな覚悟しろ殺してやるって書いてあるよ。すごい妄想だ」

それは妄想じゃないだろうと、直枝とニパは思った。

ヴァルトルートはなおも「この人は姉みたいだから会うのもありだ」などと言っている。

直枝は無視して手紙の確認を続けた。

「あとは国債の勧誘かよ……。扶桑にスオムスにブリタニアにリベリオンにオラーシャに新カールスラント……これ全部買ってたら破産しちまうぞ。ウィッチに戦時国債買わせるとか世も末だな」

ニパにも同じ手紙が来ていたらしく、彼女は丸めて捨てていた。

「ろくなのないよ。ワタシたち本当に負けるんじゃない？」

「人類が崩壊するときは、まず後方からだな」

直枝は手紙の束をもう一度確認する。眉を顰めた。

「ねえな……」

ニパが身体を乗り出す。

「どうしたの？」

「ちょっとな。来るはずの手紙がない……ま、向こうも忙しいだろうから……でもくれるって言ってたな……」

などと呟いていると、ドア脇の簡素なスピーカーが、ブザー音に続いて呼び出しの音声を流した。

『クルピンスキー中尉、クルピンスキー中尉、格納庫までお願いします。繰り返します、クルピンスキー中尉……』

「修理が終わったみたいだ」

ヴァルトルートは立ち上がった。

「こりゃ哨戒任務に駆り出されるかな。人類を崩壊させないよう、頑張ってくるよ」

彼女は退出の挨拶に手をひらひらさせながら、部屋から出て行った。

残された二人は娯楽室へ行くことにした。

ペトロ・パウロ要塞にはこんなものもある。出撃に疲れたウィッチたちがリラックスできるようにとの配慮だ。もっとも娯楽室とは名ばかりで、ただテーブルと椅子が置いてあるだけ。使い古しのソファもあるのが、利点と言えば利点である。

そんな素っ気ないところに場所を移したのは、直枝の部屋のロシアンティーが切れたからだ。娯楽室なら飲み放題となっている。ただしタンポポで作った代用コーヒー。

直枝とニパは、娯楽室に入るとソファに座り込んだ。

「戦闘がねえと本を読むのも捗るな」

直枝は自室から持ってきた、バルザックの「ゴリオ爺さん」を広げる。

ニパが呆れた。

「本好きだね」

「死んだら読みたくても読めなくなる」

「ワタシもレコードかなんか、送ってもらえばよかったかなあ。お菓子なら頼んだんだけど」

「プレイヤーがねえぞ」

「そういえばそうか」

とりとめの無い話が続く。無聊を慰めようと娯楽室に来たのだが、結局座って代用コーヒーを啜っているだけだった。

この部屋のセントラルヒーティングは絶好調で、室内は暖かい。眠気も誘われた。

直枝はいったん本を閉じながら言う。

「暇なら雪合戦でもすっか。相手が動かなくなるまで投げつける。ぴくりともしなくなったら勝ち」

「限度ないんだ……普通はカードをしようとか言わない？」

「また賭けかよ。きっと中尉が全部持ってくぞ。すげー強そうだ」

「ワタシたちだけでやればいいじゃない」

「ああいうやつはどこからともなく現れるんだ」

ニパも同感だったようで、それ以上は言わなかった。

直枝は腕組みをした。

「まてよ……新入りをカードに誘って、身ぐるみ剝ぐか」

「新入りってロスマンさんのこと？　どうだろ、やっぱり強そうだけど。サーシャさんは？」

「サーシャにそんなことできるか。寝覚めが悪いだろ……ラル隊長はどうだ。オレたちが勝ったら給料全部いただく」

「航空団司令にそんなことしたら、ワタシたち軍刑務所送りになるんじゃない？」

「中尉のせいってことにしようぜ」

ニパはソファに寝転がった。

「本当にカードするんだったら、やっぱりロスマンさんってことになるのかなあ」

ニパは渋い顔を作る。

「会ったばかりの人とカードをするのはちょっと」

「勝っても金を取らなきゃいいだろ。教育係に貸しを作って悪いことはねえぜ」

「私の話をしていました？」

いきなり娯楽室の扉が開く。二人は驚いて飛び上がった。

エディータが入ってくる。直枝とニパは並んで直立した。

彼女は微笑んだ。

「私は新入りです。ここまですることもないわよ」

「いや、なんとなく」

直枝が答える。教育係に対する一種の条件反射みたいなものである。

「用は……？」

「たいしたことじゃないけど、二人とも暇ならちょっと外に出ない？」

とエディータ。

直枝とニパは顔を見合わせた。暇なのは確かで、やることもない。誘いを断る理由もなかった。

三人は連れ立って娯楽室を出る。そのまま建物からも出た。

外気が身に染(し)みる。バルト海からの寒風が強めに吹(ふ)いていた。

「誘ったのは、ちょっと二人のことを知りたくなったから」

歩きながらエディータは、二人に言った。

「出撃がないのだから、絶好の機会だと思ったのよ」

「なんの？」

「あれ」

直枝の質問に、彼女は前方を指す。

そこにあるのは射撃場だった。男性兵士や出撃していないウィッチが腕(うで)を鈍(にぶ)らせないように射撃訓練をおこなうのである。百メートルほど先に的があり、数名が同時に射撃可能だ。周囲は石垣(いしがき)で囲ってあり、万が一にでも弾(たま)が明後日(あさって)の方向にいかないようになっていた。

射座には零式艦上戦闘脚二二型甲とＢｆ１０９Ｇ２、それに武器が置かれていた。

「ワタシたちのだ」

「修理終わったのか？」

エディータは首を振る。

「ほとんど完了したけど、まだ飛べないわ。無理言って借りてきたの」

「ひょっとしたら、こいつをつけて射撃すんのか」

「そう」

直枝の疑問にエディータは答えていた。

「５０２のエースたちの腕前を見せてもらえる？」

エースと言われ、ニパは照れていた。直枝は対照的に不審そうな表情。

「いいけどよ、ただ撃つだけじゃつまんねえぜ」

「あら、賭けをする？　いいわよ」

さらりとエディータは言う。

直枝は内心小躍りした。向こうから持ちかけてきたのだ。これに乗らない手はない。

「一回勝負で、高得点を挙げた方の勝ちな！」

「はい」

「よし。じゃあ、オレが勝ったら……」

「なんでも言うことを聞くわよ」

　とエディータ。この言葉に、なるべく眼を合わせないようにしていたニパが、驚いて凝視した。

「え、なんでも!?」

「なんでも」

　さらに彼女は言う。

「そちらは二人で結構。ニパさんと管野さん対私ね」

　今度はニパが小躍りしそうになった。

「いいよ、もう変更なしね！」

　彼女は喜び、「最初にやる！」と宣言すると、ストライカーユニットを脚につけた。魔導エンジンの始動だけして、プロペラは回さない。魔力が充実し、動物の耳と尻尾が生えた。

　的は五つ並んでいる。陶器で出来ており、命中したら粉々になるようになっていた。左側から一つずつ撃ち、全部破壊できるかどうかを競う。

　ユニット装着状態なので立射である。ニパはＭＧ42機関銃を構えた。遠方の的に狙いをつける。

「いくよ！」

ＭＧ42の引き金を引いた。甲高い音と共に弾丸が吐き出される。

単射はできない。引き金を引くと、複数の弾丸が的へと飛ぶ。ニパは指切り連射をしながら隣へ照準を移した。

すぐにニパの順番は終わった。

「四つか。まあまあかな」

的は四つ破壊されていた。最後の一つは端が欠けているだけで、これは得点にならない。

「じゃあオレだ」

直枝が場所を替わる。

九九式二号二型改機関銃を手に持った。ニパが的を並べ直す間に、銃身、薬室内の異物チェックをした。

ニパが戻ってくる。直枝は射撃位置につくと、まず空撃ちして動作確認。それから弾薬を装塡した。

「やるぜ」

漏斗状のフラッシュハイダーを前方に向け、ゆっくり息を吸う。

止めてから右手全体で引き金を引いた。

左端の的に命中。引き金から指を離すと同時に銃口を右に移動させ、照準器の中に的を入れて撃つ。これを繰り返す。

終了してから息を吐いた。ニパと同じく、的は四つが破壊されていた。

「こんなもんだ」

直枝は納得する。エディータの方を向いた。

「ロスマンさん、降参してもいいぜ。弾の節約になる」

「二人とも見事ね」

とエディータ。

「さすがエースウィッチ。ま、撃ちもしないのに降参というのも芸がないから、私もやります」

直枝は壊れた的を回収し、新しいのを並べ直す。戻ってくると、エディータは自分のBf109G6を装着していた。

ニパと同じMG42機関銃を手に持ち、エディータは射撃位置についた。

「……ウィッチも人間ですから、雑念や感情をなくせとは言わないわ」

彼女は的から目を離さず、口を開いた。

二人は一体なんだと思って耳を傾ける。エディータは喋り続けた。

「でも感情を克服するなり、飼い慣らすことは必要。ニパさんは知らない人と話をするときに、少し目線を下にするでしょう。もう少し緊張を解す習慣を身につけなさいな」

ニパが驚く。

「あの、なんでそんなことが分かって……」

「それとユーティライネンさんはここにはいないのだから、未練を断つことも必要ね。わざわざ輸送機を見送ったのなら区切りをつけて。見たところ、それほど射撃には影響出ていないけれど」

ニパが目を白黒させる。エディータはそのままの姿勢で直枝にも言った。

「雁淵さんのことは、あまり考えない方がいいわよ」

「え⁉」

直枝は文字通り仰天した。

隣のニパが「カリブチ……？」と首を傾げている。それが気にならないくらい驚いていた。

「どうして知ってんだ⁉」

「今は５０２に集中することね」

「ちょっと待て、孝美のことを……」

エディータは返事をせず、MG42の引き金を引いた。

連続音がする。規則正しい指切り連射が続き、一瞬で射撃が終了した。

百メートル先の的は、五つ全てが粉々になっていた。

「はい、勝ち」

唖然とする直枝とニパ。エディータは直前まで会話をしていたのである。にも拘わらず一つ残らず粉砕していた。尋常ではない集中力と技量だった。

そしてなにより、二人は「来たばかりのエディータが、自分のことを深く知っていた」ことに魂消ていた。

ニパが口をぱくぱくさせる。

「あの、なんでワタシがイッルを見送ったってことまで知って……」

くすりとするエディータ。

「教育係曹長が手の内を明かすと思う？」

「いやでも……」

恐らく基地に来る前に、メンバーの経歴を確認したのだろうが、それにしても驚くべきことであった。

直枝は勢い込んだ。

「なあ、孝美のことを……」

「もう話はおしまい」

「詳しく知ってるなら聞かせてくれよ！」

「賭けに勝ったのは誰なのかしら？」

言葉に詰まる直枝。そうこられては、なにも言い返せない。

エディータは「部屋に戻っていいわよ」と言っている。直枝はなんとかしようと、急いで提案した。

「なあロスマンさん、カードしないか!?」

小首を傾げるエディータ。

「カード？　ポーカー？」

「ああ。賭けの続きだ。オレとニパとロスマンさんの三人でやろう。オレたちが勝ったら、言うこと聞いてくれ！」

「私が勝ったらどうするの？」

「なんでも言うことを聞く！」

エディータは面白そうな顔をしている。鼻息を荒くする直枝の袖を、ニパが引っ張った。

(カードやんの?)

(射撃じゃ勝てねえ。こっちで勝負だ)

(負けたらワタシも言うこと聞くの?)

(協力しろ。なあに、負けやしねえよ。オレとお前で組めばいいんだ。あとでトイレ行く振りして通しを決めるぞ)

ニパが呆れた。

(イカサマするんだ……)

(勝つための戦略と言え。ネウロイ相手にも有効な手だ)

(ネウロイはポーカーしないよ)

(たった今からすることになったんだよ)

強引にニパに承諾させると、直枝はエディータに言った。

「ロスマンさん、やろう。もしやらないんだったら、残念ながら502の教育係曹長は腰抜けだと触れ回らなきゃならねえ」

「いい挑発ね。受けましょう」

直枝は心の中で拳を突き上げると、表面上はあくまでにこやかに、エディータと共に娯楽室へと戻った。

ニパがカードを持ってきた。チップは格納庫（ハンガー）から借りたナットである。トイレで急いでサインを決めると、テーブルに着席する。

「さあ、やろうぜ」

直枝はにこにこしながらカードをシャッフルする。次々とカードが配られた。

しばらくプレイが続き、その結果。

直枝とニパはテーブルに突っ伏（ぶ）していた。

二人の前にチップ代わりのナットは一個もない。全てがエディータのところに移動していた。

「し、信じられねえ……」

直枝はカードをテーブルに投げ出す。

「おいニパ！　オレが一回脚を蹴（け）ったらエース持ってるって言っただろ！」

「カンノこそ、ワタシが指を三本立てたらキングだって伝えたじゃないか！　二本ならクイーンで一本ならジャック！」

ニパは頭を抱（かか）えながら言い返した。

二人のサインは正確に機能していた。だがどうしたことか、常にエディータの手のほうが上回っているのだ。一度など、二人ともフルハウスを作りあげて勝負したのに、エディータの手の中にはストレートフラッシュがあった。

「もっとやる？」

　にこやかにエディータは言う。直枝はうめいた。

「もうチップがねえよ……」

「じゃあおしまいね。お疲れ様」

　エディータが時計を確認した。

「私の哨戒の時間だけど……二人には、そうねえ」

　直枝とニパは無闇に緊張した。負けたらなんでも言うことを聞くと請け合ってしまったのである。

　直枝が恐る恐るうかがう。

「一体どんなことを……」

「私が帰ってくるまで、ちょっと手伝ってもらいましょうか」

　エディータは有無を言わさぬ笑顔で告げる。二人は震え上がった。

「とほほ、なんでこんなことに……」

　直枝が嘆く。ニパもうんざりした口調で喋っていた。

「カンノが負けるから……」

「おめえのがたくさん負けただろ！」

「最後は勝てる気がしなかったよ……」

二人はせっせと包丁を動かし、皮を剝いていた。

彼女とニパは厨房にいた。そして二人の前には膨大な量のジャガイモがあった。

それだけではなく、ニンジンにキャベツまである。これら全ての皮剝きをエディータに命じられたのであった。なお、食材はウィッチの分だけではなく、基地の兵士全員分。

直枝はジャガイモの皮をゴミ箱に捨てながらため息をついた。

「信じられねえ。教育係曹長を顎で使えるはずだったのに、オレたちが使われている」

ニパはニンジンを水で洗う。

「ワタシはもう懲りた」

「ロスマンさんと博打なんか二度としねえぞ」

「カンノはなんであんなにムキになったのさ」

「どうしても聞きたいことがあったんだよ。相棒のことだ」

「さっきのカリブチって人？」

「まあな」

直枝は返事をすると、あとはひたすら包丁を動かした。

ちょうどエディータが哨戒を終えたころ、皮剝きは終わった。二人とも手と肩ががちがちになっていた。

剝いた野菜を所定のところに運び終えてから、自室のベッドでごろごろする。すぐに食事となった。

今日の献立はカールスラント料理のクヌーデル（ジャガイモの団子）である。内側に挽肉が混ぜられていた。鶏肉とニンジンと共に皿に載せられる。

食堂に集まり、食事がはじまった。

「懐かしい味だ」

舌鼓を打ちながらラルが言う。

「エディータ、わざわざ作ってもらってすまないな。とてもおいしい」

「光栄です。手伝ってもらいましたから、手間はかかりませんでした」

エディータは笑う。直枝とニパは無言で食べていた。

「そういえば……」

鶏肉を飲み込んだサーシャが言った。

「今日の哨戒任務では、ネウロイは一機も目撃されませんでした。私だけではなく、クル

「休みで結構なことだ。このまま大人しくしてくれると都合がいいが、そうもいかないだろうな」

　とラル。

「こっちの出方をうかがっているのかもしれん」

「クルピンスキーさんたちがたくさん撃墜しましたから、やり方を変えてくる可能性があります」

「警戒は怠れない。いつもそんなものだ」

　サーシャはいち早く食事を終える。

「ニパさんのストライカーユニットも修理が終わったと連絡がありました」

「やった」

　喜ぶニパ。やはりウィッチなので、飛ぶことは嬉しいのだ。

　直枝が訊く。

「オレのは？」

「まだのようですね。そろそろ完了してもいいはずなのですが」

　やや首を傾げるサーシャ。射撃場では飛べないだけで、目立った損傷は見られなかった。

なにか理由でもあるのだろうか。

直枝は不満を感じながら食事を続けた。飛べるようになったニパが羨ましい。おかげで料理の味が分からなくなってきた。

横に座っているヴァルトルートが、肩に手を置いた。

「どうだい直ちゃん、また勝負しようか」

「誰がするか。オレのは修理中だって聞いてただろ」

「僕の不戦勝でいい？」

「よくねえよ！」

憤然とする直枝。ヴァルトルートは続けた。

「でも同情するよ。飛べないのは辛いよね」

「同情するなら、なんで今にも笑いそうなんだ？」

「機嫌の悪い女の子っていうのも、なかなか可愛いじゃないか」

「さっさと手を離せ！」

離してくれなかったので、強引に払いのけた。ヴァルトルートはにやにやしながら手を引っ込める。

右隣のニパはもう少し深刻そうな表情だった。

「カンノ、大丈夫？　元気出しなよ」

「お前はどっかの女たらしと違ってまともだな」

「ワタシが代わりに撃墜しておくから」

「……ここにはろくなやつがいねえ！」

直枝は怒りに身をまかせつつ、クヌーデルを口の中にかきこむ。最後はコーヒーでニンジンを胃の中に流し込み、食事は終わった。

帰り際、エディータが直枝に言った。

「手紙が届いてたわよ。部屋に置いておきました」

直枝はきょとんとする。

「朝も来たぞ」

「落ちていたみたいね。デビーさんが届けてくれました」

首を傾げながら自室に戻る。ヴァルトルートとニパがついてきた。

「おい、なんでお前らまで来るんだ」

「退屈なんだ」

ヴァルトルートの台詞にニパもうなずく。

「扶桑のお菓子があったら、みんなで食べよう」

「お前らにはやらねえ」

直枝の自室に菓子はなかった。代わりに、エディータの言ったとおり手紙が一週置いてあった。

差出人を見た彼女の顔が明るくなる。

「孝美からだ！」

急いで封を切る。どきどきする心を抑えながら目を通した。

熱心に手紙を見つめる直枝の姿を、ヴァルトルートとニパは不思議そうに眺めていた。

じっくりと目を通す。直枝はときどき目を離してため息をつき、同じところを何度も読み返した。

「直ちゃん？」

ヴァルトルートが声をかけるが、直枝は気づかない。何度も呼ばれてようやく顔を上げた。

「なんだよ。手紙読んでるんだぞ」

「五回くらい読み返してない？」

「なに言いやがる、次で十回目だ。なんの用だ」

「誰からなの？」

「孝美だよ。雁淵孝美。扶桑のときの先輩で相棒。腕利きのウィッチだ」

彼女は懐かしそうに説明した。ニパは「あー」という顔をした。

「なるほど、その人がカンノの相棒」

「ああ」

雁淵孝美は直枝が訓練生だったころに出会ったウィッチである。直枝が真っ直ぐ飛ぶのも怪しいころ、孝美はすでに第一線で戦っており、扶桑の紙面を賑わせていた。扶桑本国では坂本未緒、竹井醇子、西沢義子らと並んで人気が高い。もっとも当初の直枝は、エースウィッチの活躍にはしゃぐ同期生を横目に、「きっと気に入らないヤローだ」と思っていた。

ところが一時帰国した孝美とはじめて対面したとき、それまでの印象が全て飛んでしまい「オレの相棒はこの女だ」と確信するようになる。孝美の持つ飛行テクニックは洗練されており、豪快を信条とする自らの理想とは正反対だった。それ故「背中を預けるのはこいつしかいない」と感じたのだ。

あいにく編隊を組む機会はまだ訪れていないが、その相手からの手紙である。顔がほころぶのも無理はなかった。

手紙の内容は時候の挨拶に環境のこと、さらには妹が航空ウィッチを目指しはじめたということが書いてある。当たり障りのないことばかりだが、それでも直枝にはこの上なく嬉しい。

頬まで染めている直枝のことを、ヴァルトルートとニパは興味深げに見つめながら、ひそひそ話をしていた。

「ニパ君、直ちゃんは恋人から手紙をもらったのかい？」

「相棒らしいんだけど、今まで一度も僚機になれてないんだって」

「それは気の毒だ。他の娘に寝取られたんだね」

「中尉はワタシよりも言い方がどぎついね」

直枝は二人に「うるせえぞ！」と言い放つと、また読み返した。

手紙は末尾で、「近いうちに会えるといいわね」と結んであった。直枝は何度か読み返しつつ、

「近いうちに、か……近いうち!?」

直枝はいきなり部屋を飛び出す。ヴァルトルートとニパが唖然として見送っていた。

全速力で司令官室へと走る。

「隊長！」

ノックもそこそこに室内に飛び込む。机には書類がうずたかく積まれており、ラルはそ

の向こう側にいる。机の隣にはエディータが立っていた。

　エディータは少し肩をすくめた。

「来ると思ってたわ」

　ラルが書類の山の間から顔を出す。

「……管野は私と仕事を代わってくれるために来たのではなさそうだな」

　直枝も山の間に顔を突っ込む。

「孝美がここに来るのか!?」

「それは雁淵孝美中尉のことか？」

「もちろん！」

「防諜に問題があるな」

　ラルがエディータにサインをした書類を渡す。エディータは確認すると、司令官室から退出した。

　ラルは机を回って前に出た。

「５０２にやってくる扶桑所属のウィッチのうち、一人は雁淵中尉だ。間違いない」

「やった！」

　直枝は飛び上がって喜んだ。

「編隊が組める！」

直枝の顔が明るくなる。部屋の中央で何度かジャンプすると、とうとう踊り出した。

ラルは黙って、直枝が角田市名物角田音頭の振り付けで室内を一周するまで待っていた。

「喜んでいるところに悪いが、孝美が合流するのは当分先だ」

「なんだって⁉」

角田音頭二周目に入ろうとしていた直枝は、中断するとラルに詰め寄った。

「どういうことだ隊長！」

「扶桑の海軍航空隊にかけあったが、そうそう貴重な人材を出せないと言われた。５０２にはただでさえ腕利きを渡しているのだから、我慢しろとの返電だった」

「代わりに孝美を入れりゃいいだろ！　その腕利きってのは追い返しちまえ」

「君のことだぞ」

直枝は言葉を詰まらせたが、気を取り直して談判する。

「い、いや、でも……そいつらに銃弾ぶち込めば言うこと聞くだろ！」

「どうしても私に監獄に入ってもらいたいようだな。扶桑海軍航空隊からは他にもウィッチを引き抜いたんだ。やりすぎるとあとに響く」

統合戦闘航空団なのだから各国が一致団結しているというのは早計で、どうしてもそれぞれのお国事情が出てくる。腕のいいウィッチばかり持っていかれたくないのが人情であり、中には早くも戦後を見据えた人事すら存在した。もっとも影響力を保持したいがために自国のウィッチを大量に送り出す場合もあって、一概には言えない。

ラルはちらりと机の上を見た。

「他の統合戦闘航空団が孝美を狙っているとの噂もある。書類上、502に所属させるのが精一杯だった。だからいつか分からないだけで、来ないわけではない」

「そうですか……」

不満げに頬を膨らませたものの、直枝はこれ以上の文句を飲み込んだ。ラルが努力したのは想像がつく。扶桑本国がきっぱりと拒絶したら、それ以上強くは出られないのだ。

直枝は肩を落とす。のろのろと司令官室から出ていこうとした。

不意に、頭をある考えがよぎった。

「隊長……オレがもっと腕を上げて、ネウロイのやつらを撃墜したら、扶桑にわがままを聞いてもらえるか?」

「そうだな……」

ラルは少しだけ言葉の間を開ける。

「なんとも言えないが、大エースの意見を無下にはできないだろう」

「本当に？」

「知名度が上がるというのはそういうことだ」

「よし！」

直枝は音を立てて手と手を合わせた。

「じゃあオレがネウロイをもっと墜として、孝美をすぐにペテルブルグまで連れてくる！」

「孝美にふさわしいウィッチになるというのなら賛成だが、気ばかり急いてもしょうがないぞ」

「オレに任せてくれ！　オラーシャからネウロイを全部追っ払ってやる！」

彼女の頭の中は、すでに敵を撃墜することで一杯だった。誰もが目を剝くくらいネウロイを倒し、文句を言われない存在となって孝美を呼び寄せるのだ。

そうと決まってはぼんやりしていられない。退出の挨拶もそこそこに、直枝は司令官室を飛び出した。

駆け足で自室に戻る。ヴァルトルートとニパはまだいた。

「お帰り」

ヴァルトルートが息を荒くしている直枝に言う。ニパはにこりとした。

「ちょうどよかった、ワタシの故郷からサルミアッキが届いたんだ。みんなで食べ……」

「もう一度賭けやるぞ！」

直枝は高らかに宣言する。ニパは菓子の袋を持ったままきょとんとした。

「え？　もうポーカーはいいよ」

「そっちじゃねえ。空戦だ！　多くネウロイを撃墜したやつの勝ち！」

「なにを賭けるのさ」

「そんなものはない！」

彼女は胸を張った。

「あえて言えば女の名誉だ。撃墜トップをみんなで尊敬する！　そして孝美の転属に協力する」

「転属ってなに」

ニパの疑問に、直枝はざっと説明した。

「孝美のためにオレはエースになる。誰にも文句を言われないくらい腕を上げて、軍司令部を動かすんだ」

「凄い意気込みだね」

ヴァルトルートはサモワールに近づき、自分の手でロシアンティーを入れた。

「そんなに雁淵孝美って腕利きなんだ」

「もちろん！」

「僕が口説くべきかな」

「ばっ、馬鹿野郎！」

直枝はヴァルトルートに詰め寄る。

「孝美に余計なことするんじゃねえ！」

「まだいないじゃないか」

「すぐに来るんだよ！　オレがそうさせる！」

「でも、もう寝取られているんだよね」

ヴァルトルートは静かにロシアンティーをすすった。

「今ごろ扶桑のエースたちとめくるめく甘美な時をすごしていると思うよ。それはもう思わず僕も参加したくなるくらいの」

「うんうん、ワタシもそうだと思う」

ニパもヴァルトルートの話に乗ってきた。

「その人の部屋にはちゃんとカンノの写真があるんだけど、誰か来るたびに写真を伏せるんだよ。見てないんだからなにしてもいいとばかり……」

「いいねニパ君。僕そういうの燃える」

「おっ、おっ、お前ら！」

直枝は口をぱくぱくさせた。

「オレのことがそんなに嫌いか!?」

「えー、だってカンノも、イッルやハッセがワタシのこと忘れているって言ってたからなあ」

ニパはお返しとばかりに言い続けている。顔も終始にやけていた。

「相棒を盗られると大変だよねえ」

「うるせえ！」

直枝は拳を振り上げて言った。

「とにかく一週間、撃墜レースやるからな。今度こそオレが勝つ！」

彼女は断言した。

孝美のためにも腕を磨いておかなければならない。呼び寄せてからも、相棒として共に空を飛ぶのだ。それが訓練生だったころからの夢だ。

そのためにも必要なのがまず戦果である。あえて再びの賭けに身を置くことで、自身を奮い立たせるのであった。

ヴァルトルートとニパは顔を見合わせていた。

「そこまで言うなら、やるけど」

「ワタシも」

二人は承諾する。直枝はうんうんとうなずいた。

「よし、賭けのルールは前と同じだ。同時に上がって敵を見つけて多く墜としたら勝ち！　文句ねえな」

「僕が勝ったらどうするの」

とヴァルトルート。

「直ちゃんの若々しい果実とかを賞品にしたいな。勝ったら自由にできるとか」

「あんたはその中年男みたいな欲望をどうにかしろ」

「前払いで直ちゃんの胸揉んでいい？」

「断る！」

直枝は念のため一歩下がって距離を取った。二人を見ながらニパが言う。

「それで、いつから？」

「明日だ。修理が終わらなきゃ飛べねえ」

「じゃ、今日は暇だね。お菓子食べよう」

彼女は袋を見せるが、直枝は首を振った。

「オレたちはオラーシャのために身を粉にするんだ。のんびりしてる余裕なんかねえ。オラーシャの人たちと孝美が待ってる」

「極端だなあ」

「あとサルミなんとかなんて食わねえぞ。ゴムみてえなやつだろ」

「サルミアッキだってば」

「区別なんかつくか！」

叫ぶと、直枝は二人を部屋から追い出した。

出撃と墜落

翌日の朝。

勤務開始になるや否(いな)や、直枝(なおえ)はヴァルトルートとニパを連れだした。

「オレが隊長に許可をもらってくる。格納庫(ハンガー)で待っててくれ」

そして廊下(ろうか)を全力疾走(しっそう)して司令官室に飛び込んだ。

ラルの机の上には例によって書類が山積みとなっており、心なしか高くなっている。オラーシャ中の事務仕事が集中しそうな勢いだった。

「また管野(かんの)か」

ラルはうんざりしたような声で言った。直枝が来たことよりも、書類に飽(あ)き飽きしている風であった。

「これ以上面倒(めんどう)事を増やさないでもらえると助かる」

「出撃させてくれ！　オレと中尉とニパだ。ええと……」

彼女はきょろきょろすると、白紙の申請書を見つけて乱暴に書きこんだ。

机の少ないスペースに叩きつける。

「これが書類！」

「……誤字が多いぞ」

渡された書類を胡散臭げに眺めるラル。

「名前が間違っている。これではＫｒｕｐｉｎｓｋｉではなくてＫｒｕｐｐｓｋｉだ。どこかのメーカーか？」

「すぐに飛びたい。飛ばせてくれ！」

直枝はラルに顔を近づけた。

「責任はオレが取る！」

「取られても困る。なんのために上官がいると思っているんだ」

直枝は胸を張った。

「オレの撃墜スコアを承認するため！」

「すがすがしいほどの自己中心主義だ。万事控えめで目立つことを嫌うという扶桑人への見解が変わる」

そう言いながらも、ラルは書類の下段にサインをした。

「出撃はいいが、管野のストライカーユニットはまだ修理中のはずだ」

「まさか!?」

「そういう報告が上がっている」

「う……」

直枝は思わず声を詰まらせる。

あの損傷具合からいって、もう直っていておかしくない。なのに「修理中」なのは、整備兵たちに約束の酒を渡していないためだ。

ストライカーユニット担当の整備兵には相応の技術を持ったものが配される。彼らは肩書きや頭ごなしの命令に唯々諾々と従う存在ではない。騙されたとなれば、必ず仕返しをしてくる。

「整備兵に発破をかけて修理を急がせるってのは」

「ストライキや反乱を誘発したいか？　残念だな、あとにしろ」

これで話は終わりとばかり、ラルが書類仕事に戻った。

直枝は司令官室の中に目を走らせた。このままでは整備兵は何日だろうと引き渡しを引き延ばすだろう。これではエースとして名を上げるどころではなくなる。防ぐための手は一つしかなかった。

「隊長、酒持ってるんだよな」

ラルは再び顔を上げる。

「どうして知っている」

「酒を譲ってくれ。代わりに書類仕事を手伝う」

拝み倒した。いざとなれば土下座すら厭わない気概である。

ラルは渋い表情を作った。

「少尉に仕事を押しつけたら少佐としての立場が問われる。あと軍機もあるんだぞ」

「書類だろうとなんだろうと手伝う。だから頼む！」

ぺこぺこと頭を下げた。とにかく今の直枝は、なんだろうと出撃をする気なのである。

それほど敵撃墜への欲求が強かった。

ラルはしばらく見ていたが、やがて木製の棚の下段を指さした。

「持っていけ」

「さすが隊長！」

「仕事はちゃんと手伝ってもらうぞ」

直枝は棚を開けてウィスキーの瓶を摑んだ。退出の挨拶もせずに格納庫まで走って行く。

ヴァルトルートとニパは格納庫で待っていた。彼女たちのストライカーユニットは、きちんと発射ユニットに載せられていた。

直枝のものだけがない。整備用に外された状態となっていた。

腕組みしている整備班長に近づいた。髭面の班長が言う。

「少尉殿、さすがにこれ以上ただ働きはできませんぜ。こんだけぶっ壊されたらどれだけ働いても無駄に……」

直枝は仏頂面の整備班長にウィスキーを渡した。

「ほら、こいつをやってくれ」

ぎょっとする整備班長。

「こんな高そうなのいいんですかい」

「遠慮すんな。オレのおごりだ」

正確には直枝のものではないのだが、わざわざ教えることもないだろう。

零式艦上戦闘脚二二型甲はちゃんと修理が終わっており、どこにも異常はなかった。

整備兵たちは「少尉殿の機体整備ができて光栄です」とまで言っていた。

「いくぞお前ら、出撃、出撃！」

直枝は腕を振り回して鼓舞した。

「哨戒範囲はこないだと同じな。やるぞ！」

発進ユニットに飛び乗ると、ストライカーユニットを両脚に装着。魔力により耳と尻尾が生え、魔方陣が出現した。

直枝はオラーシャ上空に飛び立った。

三人は同時に出撃し、範囲を決めて敵を探し、基地に戻る。だから離陸は同時が望ましいのだが、直枝は誰よりも早く飛び立った。

魔導エンジンをいつもよりも多く回転させ、燃費すら気にせず飛ぶ。

やがて哨戒空域に到着した。目をぎらつかせて周囲を捜索する。見つけたら片端から撃墜するつもりだった。

あたりには雲しかなかった。

（くそっ、いねえ……！）

こんなときに限って見あたらない。平和なのは結構なのだが、直枝にとっては屈辱と同じだ。

無線のインカムに怒鳴った。

「おいっ、敵がどこにもいねえぞ！　電探になんか映ってねえのか！」

『レーダーに敵影ありません。監視哨からも報告なし』

女性士官の澄んだ声が聞こえる。直枝は舌打ちをすると、さらに高度を上げた。

そして捜索の範囲を広げる。なるべく上から、なるべく広く探すつもりだ。

一般に高度を上げると気温は低下するが、直枝は魔力と高揚感のおかげでまったく寒さを感じていなかった。むしろ暑いほどであり、脈拍までどんどん上昇していた。

三時方向下方に、黒い点が見つかった。

「敵！」

魔導エンジンを全開。上空から下に向けて、一直線に加速する。

敵はゆっくり飛行していた。こちらには気づいていない今がチャンス。風圧に負けないように九九式二号二型改機関銃を構える。いつもより遠くからの射撃だが、この際どうだっていい。

照準器内に入れる。

「喰らえ！」

引き金を引く。銃弾が放たれ、まっすぐ飛んでいった。

「ちっ！」

右に外れた。遠距離からだったので、狙いがずれたのだ。

やはり接近するしかない。相手の後方に占位したまま、距離を詰めようと加速する。

射撃のため敵機が気づいた。方向を変えている。直枝は相手が射撃態勢に入る前に墜としてやろうと接近を続けた。

敵機の姿が大きくなる。よほど驚いたのか、両手を振り回していた。

「ん、手？」

「カンノ！」

ニパの声だ。顔を真っ赤にしていた。

「ワタシだよワタシ！　なにすんのさ！」

「ニパ、てめえこそなにふらふら飛んでんだ！」

直枝は加速を止めて停止すると怒鳴り返した。

「間違えて墜とすところだったぞ！」

「こっちの台詞だよ！」

ニパは憤然としている。いきなり後方から味方が射撃してきたのだから、無理もない。

「ここワタシの哨戒範囲！」

「オレだろ！」

「カンノはもっと向こうだよ、向こう！」

ニパが左側を指さした。そんなはずあるかと直枝は思ったが、あまりに強く主張するので計器を確認する。

自分の受け持ちより二十キロほど西にずれていた。

ネウロイを求めているうちにニパのところに入り込んだようだ。怒るのも当然である。

直枝は両手を上げた。

「悪かった」

「もう！」

さすがのニパも機嫌を悪くしていた。

「なんでここまで飛んできたんだよ。いつもならこんなことしないのに」

「オレは忙しいんだ。文句ならあとで聞く」

直枝はプロペラの回転数を上げ、自分の哨戒範囲に戻っていった。

もう一度探したが、やはり敵影はない。つい先日まであんなに飛んでいたのに、今は影も形もなかった。

たまにはこんなこともあるとは思うが、やはりイライラしてくる。どうしてネウロイというやつらは、こっちの都合に合わせて攻撃してこないのか。サボっているのではなかろうか。

またスピードを上げる。これだけ飛んだのだから、そろそろ敵が見えてもよさそうだ。

「……いた！」

同高度に黒点を発見。形からいって鳥や人類の航空機ではない。今度こそネウロイだ。直枝は機関銃を構える。照準器内に敵の姿を入れた。

と、敵がくるりと振り返ると手を振った。

「……あっ、またかよ！」

敵かと思ったのはヴァルトルートであった。直枝はまたも自分の哨戒範囲を横断して、人の範囲に入り込んだのであった。

「危ないなあ」

ヴァルトルートがほっとしたように言っていた。

「ここは僕の範囲だよ」

直枝は両足を前方に出して減速し、ヴァルトルートのそばで空中静止した。

「すまねえな。ネウロイ墜としたか？」

質問に、ヴァルトルートは指を一本だけ立てた。

「一機」

「いたのかよ！」

「小型がふらふら飛んでたんだ」

「オレに譲ってくれりゃいいのに」

「賭けなんだから無理」

とヴァルトルート。直枝は悔しさのあまりじたばたした。

「なあ中尉、そのネウロイ、どこから飛んできたんだ？」

「向こう。東南だね」

ヴァルトルートが指を差した。直枝は確認すると、武器を構え直した。

「よし、オレが行ってくる」

「ちょっと、直ちゃん」

「ネウロイのやつをぶっ飛ばすんだよ。きっと巣があんだろ」

その台詞に、ヴァルトルートが驚いたようになっていた。

基本的にネウロイは「巣」を形成し、そこから出現してくる。だからネウロイがやってきた方向に進めば、いつかは「巣」にぶつかるはずだ。だが「巣」はネウロイの占領地域にあって固く守られており、どうやって攻撃するかが人類の課題であった。

オラーシャ内の「巣」ははっきりした場所が特定されていない。進んでも見つからない、あるいは迷い込むことも十分考えられた。そもそも「巣」に近づけば近づくほど、ネウロイは数を増して攻撃を仕掛けてくる。単機ではいかにも無謀であった。

ヴァルトルートが忠告してくる。

「やめなよ。巣なんてどこにあるのか分かんないんだから」

「なくたっていい。ネウロイがいりゃいいんだ」

「これ以上奥に行くと、監視哨の範囲からも外れるよ」

「オレはネウロイを墜としたいんだ！」

叫ぶと、彼女はヴァルトルートから離れた。

オラーシャの内陸部へと飛んでいく。風が強まり雲も多くなってきたが、気にせず突き進んだ。

眼下では木が生い茂っているが、徐々にどんよりとしたものになっていく。緑の絨毯が雪で白く飾られているのだが、そこに墨汁をかけたみたいだ。

生命の息吹も感じられない。ただ木があるだけだ。

「どこだ、どこにいるんだ……」

口の中で呟く。目を血走らせて捜索しているものの、ネウロイはまるで見あたらない。気配もなかった。

直枝は額に浮かぶ汗をぬぐった。

魔力をかなり消耗していた。通常の哨戒飛行よりもずっと奥まで進んでいるのだから当然だ。そのことは直枝も自覚している。だが、もう少し、もう少し行けばネウロイがいると思うと、引き返すことができなかった。

さらに奥へと飛んでいく。

「いねえ……そろそろ出てこいよ！」

きらりと、太陽の方角でなにかが光った、ような気がした。

直枝は振り向く。太陽は雲で隠れているので見るのに不自由はない。その雲の間になにかがいるような気がしたのだ。

ネウロイだろうか。それにしてはかなり大きかったような。巣かどうかは分からない。ただ、この距離からも目視できたならずいぶんと巨大だ。

彼女は確認してみようと方向を変える。

いきなり、すとんと身体が沈んだ。

「まずいっ、しくじった……！」

直枝は目をしばたたかせる。魔導エンジンへの魔力供給が弱まっており、出力が低下したのだ。

魔導エンジンは化石燃料で動かしている。魔導エンジンの力で魔力を効率よくプロペラに変え、推進力とするのだ。そのため燃料が尽きるとエンジンは動かなくなる。

これ以外にも、ウィッチが長時間飛行することによって疲労（ひろう）すると、魔力がどんどん弱くなる。この場合もやはり飛行できなくなる。

燃料と魔力のどちらが欠けても空は飛べない。これがいわゆる「ガス欠」の状態である。

いつもならこんな失敗は犯（おか）さないのだが、今日は飛びすぎていた。

「畜生（ちくしょう）……」

燃料計を確認するとほとんど残っていない。戻（もど）って補給し、静養するしかなかった。

直枝は敵発見を諦（あきら）めて、ペテルブルグへ飛行進路を取った。

息が荒（あら）くなってくる。何度か深呼吸を繰（く）り返し、なるべく長時間飛行できるようにと、ゆっくり魔導エンジンの出力を絞（しぼ）った。

高度は徐々に低下。目に入る汗を何度もぬぐい、飛行を安定させることだけに精神を集中する。空気抵抗（ていこう）にならないように、機関銃を身体にぴったりとつけた。

飛ぶだけならなんとかなりそうだ。直枝は出撃したときの何倍も時間をかけて基地を目指す。

やがてペテルブルグ市内が目に入ってくる。さすがの彼女もほっとした。

安堵（あんど）の余り力を抜（ぬ）く。これがいけなかった。

バラッと脚（あし）から異音。プロペラが不規則な回転を起こしていた。

身体が大きく沈降する。急いで立て直そうとしたがうまくいかない。燃料が尽きようとしていた。

「おい、しっかりしろ、おい！」

魔導エンジンを励ますが、燃料がないのだからどうにもならない。手の届きそうなところにネヴァ川があり、その向こうに５０２の基地が見える。だがあそこまで辿りつけるかどうか。

いっそ市内に着陸するのも手だ。迎えに来てもらえばいい。叱責されるかも知れないが、その方が楽なのも確かだ。

直枝は迷っていた。集中力が低下しているため決断ができない。わずかに残った推力で身体は進み、やがて基地の直前まで到達する。

あともう少しだが、ここはネヴァ川の上だ。

そう思った瞬間、全身から力が抜ける。立て直す余裕もなく、彼女は凍結しかかった川に墜落した。

＊　　＊　　＊

目を開けたとき、飛び込んできたのは粗末な笠がかかった電球であった。

直枝は一、二度うめくと、身体を横に動かす。クッションの効いた柔らかな感触が全身を包む。おかげで寝かされていることが分かった。

幾度か寝返りをうったあと、思い切って身体を起こした。

上掛けが落ちる。寝間着を着せられていた。室内は暖かく、薪ストーブは赤々と燃えており、載せられた薬缶がシュンシュンと音を立てていた。

ゆっくりと室内を見回す。積み上げられている文学書があったので、自室なのがすぐに分かった。そして木製の椅子には、一人のウィッチが座っていた。

「ロスマン……さん？」

直枝が声をかける。エディータが顔を上げた。

「起きた？」

「気づいた」ではなく「起きた」なあたり、寝ていたらしい。時計を確認すると、昼の十二時をさしている。日付は一日だけ動いていた。

直枝はしばらくまばたきをすると、言った。

「えーと、オレは……」

「川に落ちたのよ」

エディータが言う。

「直前で川に落ちたものだから、基地中が騒然(そうぜん)としたわ。急いで船を出したところ、管野さんは自力で這(は)い上がってきて、そのまま寝はじめたのよ。さすが扶桑のウィッチは度胸があるとみんな感心したわ」

彼女によると、それから部屋まで運ばれ、寝間着を着せられてベッドに寝かせられたらしい。

直枝はそれらのことをまるで覚えていなかった。

「オレが落ちたのはなんで……」

「燃料不足と疲労ね。だから怪我(けが)をしたわけじゃありません」

ほっとする直枝。エディータは続けて言った。

「でもストライカーユニットには水が入ったわよ。今、バラしてオーバーホールをしているから、出撃は無理ね」

「ええっ、そんな！」

思わず直枝は口走った。出撃できなければ敵を墜(お)とせない。賭けにも勝てないしエースとして名を馳(は)せることもできないのである。

「他(ほか)のユニット借りられないか⁉」

「駄目。そもそも燃料が尽きるまで敵地深くまで飛ぶ人に、ストライカーユニットは怖くて貸せないわね」

「う……」

直枝は絶句する。エディータの言葉はまったく正しかった。戦闘での損傷ならまだしも、セルフコントロールのできないウィッチに、ストライカーユニットはいくつあっても足りない。

「どうして燃料が尽きるまで飛んでいたの？」

エディータの質問に即答する。

「敵を墜としたかったから」

「分かりやすいのね」

彼女は椅子から立ち上がる。

「今日は一日、寝ていることね。哨戒任務はニパさんとクルピンスキー、私の三人でおこないます」

「オレは？」

「二度は言わないわよ」

エディータは言い放つ。直枝は首をすくめた。

のろのろとベッドに横になり、上掛けを拾って顔まで引っ張り上げる。エディータはそれを見てから部屋を出た。

直枝はしばらく待ち、ベッドから起き上がった。

自分の服はクローゼットに入っていた。乾いているから、誰かが洗濯のあと乾かしてくれたのだろう。手早く身につけると廊下に出た。

静まりかえっている。人数に比して大きな建物だから、何人か出撃するだけですぐこうなる。エディータの姿がないことを確認すると、直枝は駆け出した。

司令官室にやってきた。

なにかあるとここに来ているような気がする。もう何回目なのか自分でも覚えていない。

ラルは例によって書きものをしていた。書類の量はそこそこ減っていた。

今度はきちんとノックしてから入室した。

「なんの用だ」

ラルは書類から顔を上げずに訊いてくる。直枝は息を軽く吸ってから言った。

「出撃させてくれ」

「却下する」

間髪容れずに返答するラル。

「サーシャの許可が出ていない。エディータも同意見だ」

「なんで!?」

ここでもまた、直枝は声を上げた。

「隊長が一番偉いじゃないか。隊長さえ許可してくれれば……」

「しない。私はあいつらの言いなりなんでな」

ラルはここでようやく顔を上げる。椅子の背にもたれかかった。

「戦闘隊長と教育係下士官の言葉に逆らえる司令官は存在しない」

「オレからストライカーユニットを取り上げないでくれ!」

「取り上げるものか。ただちょっと修理しているだけだ」

「出撃しなきゃ死んじまう!」

「ご遺族のために冥福を祈ろう」

取りつくしまもなかった。ラル自身が直枝を休ませる必要があると考えているらしく、許可の素振りも見せない。たとえサーシャとエディータが許可しても、出撃させないに違いなかった。

自らの司令官の意志が固いことを知り、直枝は悄然とした。

ラルはしょげた犬みたいになった彼女を見つめていた。

「……だからと言ってなにもさせないのも気の毒だ」

その言葉に、さすが隊長、やっぱり出撃させてくれるのかと直枝の中で期待が膨らむ。

ラルは椅子から立ち上がった。

「ここに座るといい」

「……え？」

「仕事が待っている」

書類仕事を代われとの意味である。直枝の意気消沈がどこかに吹き飛んでいった。

「なんでだよ!?」

くってかかる直枝に、ラルは平然と返した。

「酒を持っていったときに、書類仕事をすると言ってなかったか？」

「そ、そりゃ言ったけど……」

「いい機会だ」

ラルは言った。口約束だろうと約束は約束だ。直枝に拒否は不可能だった。

渋々椅子に座る。司令官用の机は大きかったが、ほとんどは書類が埋め尽くしていた。

あとは電話とデスクライト。

「なにすりゃいいんだ」

「そこの書類に目を通して、重要なところに下線を引け。あとで私が楽になる」

「隊長は？」

「デビーとインタビューの約束があるんでな。終わったら自由にしていい」

「出撃できねえのに、なにしろってんだ」

「基地の散歩でもしたらどうだ。まだ全部は見て回っていないだろう。ああ、そこにある菓子は食べていいぞ。目が覚める」

そう告げると、ラルは司令官室から出ていった。

直枝はしばらくの間、ただ座っていた。やったことのない仕事なので、どうしたものかと迷っているのだ。

とりあえず気を落ち着けようと、紙の上に置かれた菓子を手に取った。

黒くて小さいキャンディーである。二、三個まとめて口に放り込む。

「うえっ！　サルミアッキだ！」

アンモニアとゴムのような臭いが鼻から抜けた。このスオムス名物の菓子、直枝は初体験だったが、食べた瞬間に分かったのだからただごとではない。北欧人ならともかく、扶桑人には刺激が強すぎる。

ニパがラルに分けたのだろう。直枝は吐き出そうと思ったが、もったいないので飲み込んだ。

「うう……今度納豆食わせてやる」

目が覚めたのは確かである。半泣きになりながら、書類仕事に取りかかった。

簡単な仕事だった。どの書類も元々きちんと整理されており、確認にあまり手間がかからない。いくつか下線を引くだけで事足りた。

ラルは直枝が余計に疲弊しないよう、あらかじめ整えてくれたようだ。これが本当に忙しい仕事を与えたり、自室に閉じこめる真似をしたら、直枝は間違いなく腹を立てるか逃げ出す。そのあたりの計算はさすが司令官職に就いている人間であった。

さっさと終わらせた。ラルの気遣いが身に染みる。出撃したい気持ちは萎えていないものの、今はやめておくかと思っていた。

書類の束を整理する。司令官室から出ようとして思い出し、戸棚の下段を開ける。酒瓶が数本置かれていた。訪問してきた高官に振る舞うためのものだ。一瞬気が咎めたが、ラルは「一本だけ持っていけ」とは言わなかったのでいいだろう。カールスラント製のブランデーで、封が切られていないのを選ぶ。

一番高そうなのをくすねようとしてから少し考える。どれが高いのかよく分からない。面倒くさくなったので、なにもかもいただくことにした。

格納庫へと行く。寒いのに整備兵たちは汗だくになりながら整備をおこなっていた。直枝の他にウィッチの姿はない。彼女は片手を上げて挨拶した。

「よう、やってるか」

「こりゃ少尉殿」

整備班長が訝しみながら返事をする。

「オーバーホールしてるんで、急かしても終わりませんぜ」

「分かってらあ。今日はいいが明日には飛びたい」

「無茶なこたあ言いっこなしです」

直枝はブランデーの瓶を差し出す。

「こいつで話をつけようじゃないか」

整備班長は驚いたようになる。

「毎度毎度、いいんですか？」

「全部もってけ」

整備班長は瓶をひったくるようにして受け取ると、部下に向かって腕を振り上げた。

「いいかお前ら、今日は徹夜だ！　少尉殿の機体を完璧に仕上げるぞ！」

整備兵たちもうなり声のような歓声を上げる。直枝は満足して格納庫から離れた。

外に出て、なにをしようかと迷う。ラルの言うとおり基地内を散歩することにした。

ぶらぶらと歩き出す。

ペトロ・パウロ要塞はかつてオラーシャの首都防衛のために築かれた防衛拠点である。一時期は監獄としても機能していたが、ネウロイの脅威に際して再び要塞に変貌した。今はウィッチの基地として利用されている。

周囲を防壁で囲まれており、昔からの建物も多い。尖塔や聖堂を残したまま通信用アンテナや対空レーダーなども増設されたから、古いものと新しいものが混在している。敷地の一部は訓練のための射撃場としても使われていた。

直枝は要塞の内側を歩いた。滑走路の左側から川沿いの防壁に向かう。

防壁上には歩道があるので気晴らしにはもってこいだ。初冬なので寒いが、夏場はさぞかし気持ちいいだろう。ちなみに罰走で走らされたのもここ。

(前にオラーシャで戦ったときは、丸太小屋だったからなあ……)

攻勢作戦で進出し、撤退のため後ろに下がる。広大なオラーシャでの戦いはこの繰り返しであり、恒久的な基地など望めないからどうしても簡素なものとなる。丸太小屋どころかテント暮らしも珍しくなかった。

オラーシャでの戦いは、戦争というより底なし沼に近い。出撃しても出撃しても現れるネウロイ。人員は消耗し、資材は片端から残骸となる。失われた大地も行方不明者も他とは桁が違うのだ。今でこそ小康状態だが、今後も同じだとの保証はどこにもない。

この後、第５０２統合戦闘航空団はどのようになるのだろうか。とりあえず、宿舎は立派だ。

考えごとをしながら歩道を歩く。脇に盛り土がしてあり、ちょっとした広場になっていたので、直接腰を下ろした。後で聞いたところによると、この場所には高射砲を設置する予定らしい。

ぼんやりネヴァ川と、対岸の街並みを眺める。

静かだった。住民がいないのだから当然ではあるが。沈黙している街とそれを見つめるウィッチという構図は、なかなかに文学的だ。これで落葉でもあったら、一枚の絵画になりそうだ。

（本、持ってくりゃよかったなあ）

購入した書物は全て自室だ。本当はもっと欲しいのだが、慌ただしくペテルブルグまで派遣されたため、注文している暇がない。

いきなり、かしゃりとシャッター音がした。

左側を見る。デビーがカメラを構えていた。

「写真を撮(と)ってもいい？　絵になる構図じゃないか」

とデビー。直枝は顔をしかめた。

「今撮っただろ」

「もう一枚」

拒否しても言うことを聞かなそうだったので、うなずいた。

デビーは何回かシャッターを切った。

「扶桑の女の子はエキゾチックだ。ペテルブルグの街並みと対照的でいい」

「あんた、隊長にインタビューするんだろ」

「あれは夜になってから」

写真を撮り終え、デビーはにこりとした。

「扶桑の文学少女。ペテルブルグの川岸で物思いに耽(ふけ)る。こりゃいい絵になるね」

「そいつぁどうも」

と言ってから、

「まて、文学少女ってなんだ」

「本が好きなんだって？　クルピンスキー中尉から聞いた」

デビーはフィルムを巻きながら返事をする。

「インテリのウィッチは受けがいいよ」

「リベリオンにはいないのかよ」

「いるけど、扶桑の女の子が文学好きってのがいいんだよ。リベリオン文学は読むの？」

「ホーソンとソローなら読んだ。あとフィッツジェラルド」

「それ、雑誌に書いてもいいかな」

「勝手にしてくれ」

面倒くさくなって、直枝は適当な返事をした。

デビーが取材用ノートに直枝の台詞（せりふ）を書きこむ。それから小脇（こわき）に抱（かか）えていた新聞を差し出した。

「はいこれ。君の写真が載（の）ってる」

「なんで新聞に」

「こないだ撮ったやつを電送したんだ」

受け取って広げる。粗（あら）い写真だったが一面にでかでかと、大口を開ける直枝が載っていた。

「なんだこりゃ」

「こないだの、格納庫（ハンガー）のとき」

サーシャに、チョコレートの配給はなしと告げられたときのものである。キャプションに「チョコレートを受け取れず悔しがるウィッチ三人」と記してあった。

「なんか扶桑の評判落ちそうだぞ」

「最近はいさましい写真だけじゃなくて、こういうのも評判いいんだよ」

とデビーは答えた。

当初は勇敢な写真ばかりが紙面を飾っていたが、最近はこのような「等身大のウィッチ」も好まれている。いつまでも同じようなものでは読み手も飽きるのである。もっとも軍や政府の高官だと、「なるべく士気向上に繋がるようなもの」を希望するので、このあたりの溝はなかなか埋まらない。

直枝は自分の写真をしげしげと眺めた。

「……これ、ローカル紙だよな」

「まさか」

「扶桑で売られたりするか？」

「船便だとは思うけど、送られるんじゃないかな」

「孝美に見られるのか……」

直枝は小さく嘆いた。こんな漫画みたいな顔をしている自分の写真を見て、どう思うだろう。笑うか呆れるか、あるいはその両方か。

「サーシャがチョコくれりゃ、こんな写真もなくなったのに」

「我ながらいい写真だと思うよ」

とデビー。

「管野少尉の魅力が詰まってる」

「相棒にどう思われるかが心配だよ」

「その相棒さんのこと、ずいぶん気にしてるんだね」

「まあな」

「そういえば、ポクルイーシキン大尉が、ずいぶん管野少尉のことを気にしていたよ。川に落ちたじゃない。あれは危ないって」

「オラーシャで危ないもなにもねえよ。いつもこんなもんだ……サーシャが気にしてるって、本当か？」

「うん」

デビーはちらりと、直枝の後ろに向かって視線をやった。

直枝がなにかを言うまえに声がかかる。

「管野さん」

彼女は振り返る。そこにはサーシャがいた。

直枝は目を細めた。時々吹く風に、寒そうに首をすくめる仕草が、故郷にいるある女性を思い出させていた。

「……サーシャ」

サーシャはほっとした顔をしていた。

「起きたと聞きましたが、部屋にいなくていいんですか？」

「怪我したわけじゃない」

サーシャが直枝の隣まで来た。デビーは気を利かせたのか、立ち去っていった。

「無茶をしましたね」

サーシャが咎めるように言う。

「ガス欠まで戦うなんて、どう考えても無謀です」

「ネウロイを倒したかったから……」

「自分がやられてはなんにもなりませんよ」

彼女はあくまで静かに、優しげな口調を崩さなかった。

「しばらく休んでください。身体だけではなく、心も静養してください」

「心って？」

「熱心さも善し悪しです。どれだけ気持ちが高ぶっていても、頭は常に冷静でなければ、オラーシャの戦いは生き残れません」

「オレはいつだってこんな感じだ。こうやって生き残ってきた」

「今は違うように見えます」

思わずそっぽを向く直枝。

サーシャの台詞の中に正しさを感じ取っていた。孝美を呼ぶために戦うと決めてから、いつもより焦りが生じている。薄々気づいていただけに、指摘されると気まずさを感じた。

「別に……平気だよ。こんなんでもオレは戦える」

「どうでしょう」

「中尉とかニパは？」

「出てます。さきほど敵を撃墜したとの無線連絡がありました」

直枝は天を仰ぐ。これでまた撃墜数が開いた。なにしろこっちはまだ撃墜がゼロだ。

「オレも出る！」

「いけません」

即座に拒絶するサーシャ。直枝は懇願した。

「サーシャ、頼むから許可を出してくれ。明日には修理が終わる」

「修理の完了は関係なく、許可は出しません。今のあなたは戦果のために無茶ばかりします。危険すぎます」

「ネウロイを墜とさないと、孝美を呼べないんだ！」

真情を吐露する直枝。

「今のオレは孝美にふさわしい僚機だって証明しなきゃなんない。頼む、飛ばせてくれ！」

「………」

「いっぱいネウロイを墜としたい、墜としたいんだ！」

思わず叫んでいた。それほど親しくないはずのこの女性に、己の気持ちをぶちまけていた。

彼女の叫びに、サーシャはしばらく沈黙する。ネヴァ川から吹く風と同時に口を開いた。

「それでも、駄目です」

「サーシャ！」

「私は第５０２統合戦闘航空団の戦闘隊長です。部下が無謀な戦闘を試みたら制止する義務があります。今の管野さんは出撃にふさわしい状態ではありません」

「でも！」

直枝は詰め寄った。

もうサーシャはなにも言わない。ただじっと見ていた。

直枝はたじろぐ。彼女はこういう目をする女性を他に知っている。扶桑の地、故郷の東北にいる姉。優しい姉がときおり見せる姿に似ていた。

そして直枝は姉に逆らえない。母親代わりとなってくれた女性はなによりも尊かった。

唇を噛みしめる直枝。

サーシャの言うことの正しさはよく分かっていた。そして直枝はもうベテランのウィッチだ。自らの心との折り合いをつけなければならない。

直枝は頭を振った。

「サーシャは正しいよ。でもオレは、やっぱり孝美と戦いたいんだ！」

「管野さん！」

突然、基地内にサイレンが鳴った。

『ウィッチ帰還、ウィッチ帰還。当該機はネウロイと交戦中。繰り返す、当該機はネウロイと交戦中。ポクルイーシキン大尉は至急格納庫に……』

サーシャはサイレンと同時に駆け出していた。直枝も急いで後を追う。

格納庫の扉は開け放しになっていた。整備兵が手招きしている。サーシャは遅れたことを詫びると、Ｌａ５ＦＮを装着して飛び出した。

直枝は滑走路に出て上空を見上げた。近くにいた整備兵に拝み倒して双眼鏡を借りると、サーシャの姿を確認する。

サーシャは南南東の方角に飛行していた。その先を見ると、黒点がいくつもあり、しきりと飛び回っては中央の人影に攻撃を繰り返していた。

「ニパか⁉」

直枝は双眼鏡を握りしめる。ニパが小型のネウロイと戦闘しながら帰還したのである。敵の数は三機、通常のニパなら苦にもしないだろうが、魔導エンジンの調子が悪いのか安定しない飛び方だった。

直枝だけではなく、基地の人間もはらはらしながら見守っている。ニパは機関銃を振り回して追い払っていた。

ネウロイの射撃。ニパの体勢が崩れる。ユニットの片方に被弾したのか、高度が落ちていた。直枝がうめく。基地の人間も悔しそうな声を上げる。

そこにサーシャが突っ込んだ。

一番近くにいる小型ネウロイを叩き墜とす。そしてニパを片手で掴むと、もう片方の手で弾幕を張る。

弾は残りのネウロイには命中しなかったが、牽制には十分だった。サーシャは姿勢を変え、視線を敵から外さずに下がっていく。

ネウロイはしばらく飛んでいたが、やがて諦めたのか来た方向に引き返していった。

サーシャとニパは滑走路に着陸した。直枝は急いで駆け寄った。

「おいニパ、大丈夫か!?」

ニパは苦笑いをしている。

「うん……。酷い目にあった」

当人は元気そうだったが、ストライカーユニットは損傷していた。ネウロイの攻撃が命中した箇所はえぐれており、内部の機械が剝き出しになっている。修理可能ならいいが、できなければ破棄となる。

「なんであいつら連れてきたんだ」

「ついてきたんだよ。二機撃墜して帰ろうとしたんだけど、近くで不意打ち受けたんだ」

ニパは滑走路でストライカーユニットを外すと、整備兵が持ってきた台車に乗せた。

「サーシャさんのおかげで助かったよ」

そのサーシャは、ネウロイが飛び去った方角を見ていた。

「サーシャさん？」

ニパが訊く。

「……少しまずいかもしれません」

サーシャが独り言のように言った。

「ニパさん、クルピンスキーさんはまだ飛んでいますよね」

「うん。ワタシよりもあとから出撃したはずだから」

「少し寄り道して帰ってもらいましょう」

皆さんは作戦会議室に集合してくださいと告げ、サーシャは小走りに司令官室へと向かっていった。


作戦会議室は将来の人数増加を見越して大きめの部屋が確保されている。元は将校クラブで、今は一人でテーブルを一つ占有できるほど余裕があった。

壁には欧州各地の地図が貼られており、戦況が書きこまれている。その前にラルが立っており、直枝とニパ、サーシャは席に着いていた。

待つことしばし、作戦会議室の扉が開き、ヴァルトルートとエディータの二人が入ってきた。

「いやー、大変だった」

入ってくるなりヴァルトルートは、あまり大変そうではない口調で言う。ただ表情には若干の深刻さがあった。

「ご苦労」

ラルが言う。

「さっそくですまんが、報告を」

エディータがうなずく。彼女はラルの横に立った。

「結論から言います。大型のネウロイが確認されました」

作戦会議室の中がざわついた。

「飛行型ネウロイの大型がモスクワ方面から飛行中です。クルピンスキー中尉が写真に収め、現像に回しました」

「目標は？」

「ここ、ペテルブルグです」

ラルの質問に、エディータははっきりと答えていた。

ネウロイには様々なサイズ、タイプがある。手も届かないような高空を飛行するものから地上を這うようにして動き回るものまで多種多様だ。これらは人類の攻撃に呼応するように進化を遂げていると言われている。

ヴァルトルートとエディータが目撃したものは、大型の飛行タイプであった。

こんこんとノックの音。男性の下士官が入ってきて、ラルに大判の封筒を手渡す。

ラルは中をちらりと見てからエディータに渡した。エディータは中の写真を地図の上に貼りつけた。

「でか……」

ニパが呟いた。

貼られたのは大型ネウロイの白黒写真だった。全体は真っ黒で横に長い直線翼を持っている。胴体は箱形であり、後方に長く伸びていた。垂直尾翼や水平尾翼は存在していないが、そもそもネウロイがどのような理屈で飛んでいるのか不明なのだから、一般の航空機とは違うものなのだろう。

正面部分と中央部分、そして翼の先端部は、例によって昆虫の複眼そっくりな赤いパネルで覆われている。赤いパネルは、他にも小さく固まって散らばっていた。

なにより驚くのはその大きさだ。空中の写真なので建築物とは比べられないが、周囲を飛び回っている小型ネウロイとの比較から推察できる。滅多に見ないサイズだった。

「知っての通り、大型のネウロイはなかなか目撃されない。逆に言えば、目撃されるときにはろくなことが起こらない、ということだ」

ラルが手にした指示棒で写真を叩く。

「ネウロイは恐らくペテルブルグでもここ、５０２の基地を攻撃するつもりだろう」

ニパが手を上げる。

「ここ以外の可能性はあるんですか？」

「ないとは言わないが、ほぼ間違いなくこの基地だ。今日はネウロイに執拗に追いかけられただろう。この場所を見極める偵察だったと思われる」

だからサーシャがヴァルトルートとエディータに命じて、帰り際に偵察させたとラルは説明した。

ニパはやや落ち込んでいた。

「こんなことなら撃墜しとけばよかった……」

エディータが微笑む。

「気にしなくていいわよ。どうせ近いうちにこういうことは起こったから」

ヴァルトルートがうなずきながら口を出した。

「僕が慰めてあげるから、もっと落ち込んでもいいよ」

「偽伯爵は黙ってなさい」

エディータが噛みつかんばかりの勢いで叱りとばす。

「あは。二人ともありがとうございます」

ニパは笑いながら礼を言った。

「こいつをOX－1と命名する」

ラルが再び喋り出す。

「我々としてはぼんやり敵の襲撃を待つわけにもいかない。この基地には対空砲がまだ設置されていないんだ。こんなデカブツ、見るだけでもうんざりするが、幸いなことに速度は非常に遅く、時速二十キロ前後だ。これなら払暁を待ってからの攻撃が可能だ」

彼女はざっと作戦会議室内を見回した。

「明日、我々ウィッチが全力で迎撃する。出撃は0830」

出撃命令に室内に緊張が走った。

本来なら夜間攻撃を仕掛けたいところではある。だが彼女たちは専門の夜戦魔女ではなく、転換のための訓練もしていないのでやらない方が無難だった。時間が遅めなのは、今の時期のペテルブルグの日の出が遅いため。暁暗を飛行して、交戦するころには明るくなっているはずである。

第502統合戦闘航空団が編成されてから初の全力出撃だが、ありがちな武者震いなどはない。皆、数々の戦いを経験してきたベテラン揃いなのだ。

ただ、一人だけ熱くなっているウィッチがいた。

直枝が勢いよく手を上げる。

「オレも出撃したい！」

「まだ無理だ、と言いたいが、人手が足りないからな」

ラルはちらりとサーシャをうかがう。サーシャは小さく息を吐(は)いた。

「戦闘隊長として許可します」

「やった！」

直枝は天に拳(こぶし)を突き上げる。サーシャが釘(くぎ)を刺(さ)した。

「ジョゼさん……ルマール少尉(しょうい)がいれば管野さんには待機してもらうつもりでした。無(む)茶(ちゃ)は禁物ですよ。あと、必ずニパさん、クルピンスキーさんと三機編隊(ケッテ)で飛ぶように」

「分かったよ」

直枝は嬉(うれ)しそうに言う。足踏(あしぶ)みしたが、これで飛べるようになるのだ。

彼女はニパとヴァルトルートのところに近づき、肩(かた)をバンバン叩いた。

「改めてよろしく頼(たの)むぜ」

浮(う)き立つ気分を隠(かく)そうとしなかった。

「どんな大きさだって、オレが墜(お)としてやっからな！」

直枝は笑いながら言う。心はすでに大型ネウロイとの戦いで燃えていた。

＊　＊　＊

その日の夜。

司令官室の扉(とびら)がノックされたので、ラルはインタビューに答えるのを終わらせ、「入れ」と答えた。

やってきたのはエディータとサーシャだった。彼女たちはラルがデビーと話しているのを見て、入ろうとした足を止める。

エディータは回れ右をしようとした。

「これは……失礼しました」

「構わん。ちょうど終わったところだ」

ラルが手招きをする。二人は気を取り直し、デビーの隣(となり)に着席する。

逆にデビーが気を利(き)かせて立ち上がった。

「ではこれで」

「まだいて構わない。長引けば長引くほど、書類仕事を忘れられるからな」

「光栄ですが、ウィッチ同士の無駄(むだ)話をふいにするほど野暮(やぼ)じゃないですよ」

デビーはそう言うと、司令官室から出ていった。

室内はラルとエディータ、サーシャの三人になった。

ラルは姿勢を崩すと、胸元のタイを緩めた。サーシャがわずかに顔をしかめる。

「まだ勤務中です。楽をする時間ではありません」

「固いことを言うな。クルピンスキーなんかいつだって服を着崩している。あいつにかかったら通常勤務服もそのへんの作業服と変わらない」

「クルピンスキーさんは例外です。どれだけ注意しても直りません」

「だからあいつは昇進できない」

「本人もしたがらないみたいですね」

「需要と供給の一致だな。見習いたいものだ」

「隊長の腰の具合はいかがですか？」

「順調に調子が悪い」

ずっと以前に戦闘で負傷して以来、ラルは魔法繊維で編まれたコルセットを装着している。日によっては空を飛ぶのが辛いときがあった。

「ご自愛ください」

「明日は大型ネウロイの迎撃だ。そうも言ってられないだろう」

ラルは顎をしゃくり、戸棚の下段を指し示した。

「飲むか？」

「いいえ」

「よかった。実は管野に全部持っていかれたところだ。一つも残っていない」

サーシャは呆れた。

「あの娘、お酒飲むんですか？」

「整備兵への賄賂に使うんだろう」

扶桑のウィッチは頭が回るなと、ラルは言った。

彼女は立ち上がると、サモワールに載せたポットからコーヒーを三人分入れた。本来なら従兵がおこなう仕事でも、ウィッチは自分でやる。

とはいえ、さすがに司令官手ずからのことなので、二人とも恐縮していた。

エディータはカップを受け取りながら言う。

「私が入れましたのに」

「気にするな。エディータに恩を売れば５０２から出て行かれなくてすむ」

「ストライカーユニット回収班設立は許可されたのですか？」

「申請はした。通るだろう」

ラルはコーヒーカップを手に取った。

「で、呼んだのは他でもない。ここのウィッチたちの評価を聞かせて欲しい」

エディータはとぼけたような口調で答える。

「皆ベテランです。特になにもありません」

「おい。あのエディータがそれで終わるわけないだろう。私がなんのために引き抜いたと思ってる」

エディータは静かにコーヒーカップを口につける。ちらりと隣をうかがった。

「サーシャさんに聞くのが適切では？」

「私は答えません」

サーシャの言葉にラルが顔をしかめる。

「最近は上官への嫌がらせをすると配給が増える遊びがあるのか？　私にも一口乗らせろ。前からカムフーバー大将の顔にいたずら書きをしたかったんだ」

エディータが言った。

「お茶請けが欲しいですね」

「サルミアッキならある」

ラルはニパからもらった残りをテーブルの上に出した。

エディータは一粒摘まみながら言った。

「そうですね、隊長のことですが……」

「おい、私からか」

「サーシャさんに作戦を丸投げするのはどうかと思います」

「必要なことだ。有能な人間はなにをやらせてもうまくいく。私も楽ができる」

ラルは何故か自慢げに言った。サーシャは苦笑。

「秘密警察に密告してもいいですか？　それか革命」

「どちらも禁じる」

「壁新聞に隊長批判を掲載しようと思います」

「私は心の広い人間だから批判を受け止めるぞ。だが丸投げは止めない」

ラルもサルミアッキを口に含んだ。

「相変わらず変わった味だ」

「私は好きです」

サーシャはサルミアッキを口に入れたまま、コーヒーを飲む。

エディータが話を続けた。

「ニパさんはもっと明るい人だと聞いていましたが、今は少し遠慮がちですね。以前の同僚と離れたのが影響しているのかもしれません。空戦技術に影響はしていないでしょう」

「ユーティライネン中尉か。501から引き抜こうとしたぞ。冬季戦の心得があるウィッチは貴重だからな」

「どうだったんですか？」

「ミーナの罵り声を聞いていると変な性癖に目覚めそうだ」

第501統合戦闘航空団司令のミーナ・ディートリンデ・ヴィルケ中佐は温厚だが妥協をしない性格で知られている。彼女から部下を引き抜こうとすれば一揉めあるのは当然であった。

エディータは少し笑う。

「クルピンスキーは今さらなにも言うことはありません。あれだけいい加減な人間がどこの誰よりもうまく戦うのですから、不思議なものです」

「以前クルピンスキーに口説かれたというのは本当か？」

「答えるくらいなら502から脱走する方を選びます」

本当にそうされてはたまらないので、ラルは話題を変えた。

「管野は？」

その言葉にエディータは、やや躊躇いがちになった。

「そうですね……気負いがちなところが見られます。そういう人ではないと聞いていたのですが」

「雁淵中尉の件だろうな」

「依存しているのなら、少し危険です」

「あれでオラーシャを生き残ったベテランだ。自らの腕を鈍らせることはしないと思うが……魔力は精神状態に影響されるからな」

とラルは言った。

ウィッチの魔力は目に見えないものだけに、心の状態と密接に関係している。疲れ切ったベテランが心身の充実したルーキーに魔力で下回ることは十分ありえるのだ。

「管野に注意して聞くと思うか?」

「階級に関係なく、頭ごなしに言ったら反発するでしょうね。サーシャさんの言葉なら耳を傾けるでしょうけど」

話を振られたサーシャは、コーヒーカップをソーサーに置く。

「実は、少し話をしました」

「答えは……聞くまでもないか」

「はい。理解はしても納得はしてないと思います」

サーシャの顔は、心配そうなものになっている。

「自分の中でも折り合いがつかないのでしょうね」

「雁淵中尉をすぐに引き抜けというのも難しい話だ。ネウロイはオラーシャにだけいるわけではない」

「理屈だけでは感情をねじ伏せられません。善意からの忠告でもです」

「なら、実戦を通して克服してもらうしかない」

ラルは静かに言う。

「より高く飛びたいのであれば、経験から学ぶのが一番だ」

聞いていたエディータは眉を顰めた。

「一度痛い目を見させるというやり方は、好きではありません」

「私もだ。周囲にフォロー役が必要だろうな。同い年というより、気分的に近いのがいい。私がそばにいても萎縮されるか反発されるだけだろう」

「はい。サーシャさんの決めた編成が適切です」

一人、不安なのがいますけどとエディータは呟いていた。

サーシャはコーヒーカップを空にした。

「502になってはじめての迎撃作戦です。手探りになるのは仕方ないとしても、ウィッチを失う事態は避けるべきです」

「そうなったら一生私を虚仮にするといい。石を投げても構わんぞ」

「そうさせてもらいます」

サーシャはサルミアッキの残りを口に放り込んだ。

これが潮とばかりに、エディータが立ち上がった。

「お先に失礼します」

ラルは一応訊いた。

「コーヒーのおかわりはどうだ?」

「お二人でどうぞ」

「まだサーシャへの評価を聞いていないぞ」

「ご本人を眼の前にして答えるなんてことはしません」

ラルは「私にはしたじゃないか」と呟く。その頃にはもう、エディータの姿はなかった。

＊　＊　＊

ヴァルトルートはニパと共に廊下を歩いていた。二人は娯楽室で、就寝前の暇つぶしをしていたのである。直枝は自室で読書中だった。

　歩きながら、ニパがつまらなそうに言う。

「カンノも来ればよかったのに。お菓子あったんだから」

「サルミアッキじゃないって言えばよかったと思うよ」

「お菓子で差をつけるなんて、カンノは冷たい」

「じゃあ僕が温めてあげようか」

「それはいい」

　ニパに笑顔で拒絶され、ヴァルトルートは肩をすくめる。

「ニパ君も直ちゃんも、ガードが堅いねえ」

「普通、自宅の近くにクマが出たら、家の鍵は閉めるよね」

「こんなかっこいいクマがいると思う？」

「そうだね。クマはここまで図々しくないや」

　ニパはさっさと自室へ引っ込んだ。

　ヴァルトルートも自分の部屋へと戻った。

　室内に入り、電気を点けようとスイッチに手を伸ばす。

　その手が止まる。彼女は部屋の隅を見た。

「……幽霊かと思った」

ヴァルトルートは電気を点けずに言う。

「どうして僕の部屋に？　誤解されるんじゃない？」

「話があるからよ。廊下で見られるよりまし」

その人物は近づくと、自分の手でスイッチを入れる。

灯りの下に現れたのは、エディータだった。

エディータはカールスラント人にしては背が低い。「ちっちゃい」とあだ名されたこともあった。ヴァルトルートとの身長差は二十センチ以上にもなる。そのため下から見上げていた。

彼女の目にあまり好意的な色はなかった。睨んでいると言ってもいい。

ヴァルトルートは普段通りにこやかだった。

「そんな怖い顔はやめてよ」

いつもの砕けた口調だ。

「せっかくまた一緒になれたんだから」

「……語弊があるわよ」

エディータが口を開く。

「私はあなたの奥さんじゃない」

「そりゃ残念」

笑みを崩(くず)さないヴァルトルート。

「今からでもどう？」

「お断り」

「僕もだ。一人に縛(しば)られるなんて御免(ごめん)だね」

エディータはしばらく睨んでいたが、やがてため息をついた。

「まったく……クルピンスキーはＪＧ52のときと、全然変わってないのね」

「前みたいにトゥルトって呼んでくれないの？」

「呼んだことないわよ」

「そうだっけ」

ヴァルトルートは首を傾(かし)げる。エディータは再び睨んだ。

「私は話がしたいだけ。終わったら帰るわ」

「ゆっくりしてってよ。飲む？」

エディータは「いらない」と断ると、立ったまま続けた。

「明日の迎撃作戦に関係してるの」

「真面目な話は苦手だなあ」

「管野さんのこと」

エディータは少しだけヴァルトルートとの距離を詰めた。

「一緒にいるでしょう」

「なにもしてないし、させてくれないよ」

「そっちじゃない」

ヴァルトルートはベッドの下からワインボトルを取り出した。カールスラント製、ラインガウの白ワイン。

彼女はそれを、ブリキのコップに注いだ。

「直ちゃん自身のことなら、気性が荒くて一本気で乱暴者、表面はどれだけ楽しそうでも心の中じゃ滅多に気を許さない。腕は一流だけど飼い慣らすのはとても難しい。手のかかる動物みたいだ」

コップに口をつける。

「そういう娘大好き」

この直枝評にエディータは納得しかかっていたが、最後で顔をしかめた。

「好き嫌いから離れて」

「人間、好き嫌いが全てだよ、エディータ」

ヴァルトルートは彼女に座るように勧める。それでもエディータは立ったままだった。

「あなたは変わらないのね」

「戦争ごときで変わりたくないよ」

「502はできたばかり。今後の反攻作戦で中核になることも期待されるわ。誰一人として失うわけにはいかない」

「本音をどうぞ」

「仲間が死ぬのはもうこりごり」

「どうも。一番危なっかしいのが直ちゃんだって？」

「そうよ。だから、近くで見ている人が必要なの」

ヴァルトルートは少し考える仕草。

「だったら君や大尉と組ませればいい」

「子供っぽい人は子供っぽい人と組ませるの」

「酷いな。僕が子供だって？」

「ええそう。頭の回転が速くて、腕が立って、オラーシャの激戦でも心を失わなくて、必ず生きて帰る子供。適任ね」

「その心は？」

「答える必要ある？」

皮肉っぽい言い方だったが、ヴァルトルートにはエディータの本心がよく理解できた。

明日は絶対に死なせるなと言っているのである。

ヴァルトルートはコップを持ったまま、しばらく窓の外に目を走らせた。暗く、とても静かだ。

「……先生はいつだって僕に面倒事をふる」

「だってあなたのことが嫌いだから」

ヴァルトルートはくすりとした。

「ニパ君のことはいいの？」

「もちろんニパさんもよ」

当然のようにエディータは答えていた。

ヴァルトルートは白ワインの残りを喉に流し込む。かなりの甘みを感じていた。

このワインは、カールスラント本国で買ったものの、最後の一本だった。彼女の生まれ故郷はネウロイの支配下に置かれている。そこがどうなっているのか、想像もつかない。

そしてそれはエディータも同じ。

しばらくの沈黙の後、ヴァルトルートは肩をすくめた。

「分かった」

外ではわずかに雪が舞っている。室内の灯りに照らされて、幻想的な輝きを見せていた。

エディータは無言で背を向けると、部屋から出ていこうとしていた。

ヴァルトルートが声をかける。

「送ろうか？」

「馬鹿言わないで」

予想された返事だった。出ていく彼女に、もう一度だけ言葉を投げかける。

「ねえ、僕自身のことは」

エディータは一瞬だけ足を止める。

「……別にないわ」

素っ気なく彼女は言い、扉が閉まった。

第五章 5 ГЛАВА
激突OX-1

翌朝。

直枝は朝早くに目を覚ました。

目覚ましに頼らず、自然に起きたのである。ウィッチの習慣というよりは、またヴァルトルートの襲撃を受けてはたまらないとの意識による。

幸いヴァルトルートはやってこなかった。

窓を開ける。昨晩、少し雪が降ったらしく、うっすらと積もっていた。当然のように気温は低く寒かったが、空は晴れ渡っていた。

「よし、絶好の攻撃日和だ！」

手と手を打ちつける。こちらが攻撃日和だと言うことは、敵にとってもいい日和であるのだが、そんなことも気にならないくらい、彼女は出撃に気を高ぶらせていた。

朝食は早めに用意された。メニューは小麦のカーシャに鶏肉のブリヌイ（クレープ）。ヨーグルトと果物。オラーシャ風朝食にしては多めだった。

直枝は真っ先に食事を終わらせると、格納庫へ走った。

彼女の零式艦上戦闘脚二二型甲の修理はまだ終わっていなかった。今は最終調整の真っ最中である。

やがてヴァルトルートとニパもやってきた。

整備兵たちは忙しく手を動かしている。直枝はうずうずしながら待った。

「塗装が新しいね」

ヴァルトルートが言った。直枝は愛機から目を離さずに答える。

「ついでに塗り直してもらった」

「僕のもやってもらおうかなあ」

「今だって新品同然じゃねえか。どこかしら被弾するからそのたびに塗ってるだろう」

「弾が勝手に当たるんだよ」

と彼女は返事をする。ヴァルトルートだけではなく、ニパも出撃のたびに被弾、あるいは原因不明の故障をする。もはやお馴染みともなっていた。

ニパの機体はすでに修理が終わっていた。あれだけ損害を受けたにも拘わらず、損傷部分の部品をごっそり入れ替えるだけで解決したらしい。ただしこれで予備部品は空っぽになった。

　ニパが嘆く。

「ワタシのはよく魔導エンジンが止まるんだけど、これって不良品なのかな。昨日だって、途中で止まらなきゃネウロイに追跡されずにすんだんだよ」

　この台詞に直枝が言う。

「どうだか。あんまり酷使するからストライキ起こしたんじゃねえか」

「あー、そんなこと言うんだ。もうカンノにサルミアッキあげない」

「いらねえよ。スト起こされないように、優しく飛ぶといいぞ」

「カンノのは飛んでないからストしようがないよね」

　さすがにこれには言い返せず、直枝は「今度エンジンに砂を混ぜてやるからな」と呟くしかなかった。

　やがて整備兵が片手を上げる。

「少尉、整備完了しました！」

「よし、さすが一流の整備兵たちだ！　オラーシャ人はどこよりも優秀で働きものだってのは本当だな！」

相手が照れるくらいに持ち上げると、嬉しそうに手を叩く。

ストライカー発進ユニットに飛び乗った。ヴァルトルート、ニパも同じように乗る。

魔力が発動し、身体を高揚感が包む。いつもよりも強く、大きい。精神状態と連動しているのだ。

耳と尻尾が出現してふわりと身体が浮かび上がる。

先頭を切って直枝が飛び立った。続いて、ニパ、ヴァルトルートの順。

少し間を置いてサーシャとエディータも飛び立つ。それからラル。第５０２統合戦闘航空団の全力出撃だった。

全員高度を三千メートルにし、モスクワ方面に進路を取る。

「三機編隊で敵に向かいます」

サーシャの声がインカムに流れた。

「管野さん、クルピンスキーさん、ニパさんの組がＡ小隊。ラル隊長、ロスマンさん、私がＢ小隊です。目標は大型ネウロイです。小型にかまけて見落とさないでください」

各員の「了解」という返答が、電波に乗って伝わった。

冷え切った空に、ストライカーユニットによって作られた水蒸気が白い航跡となって描かれる。一直線に南南東へと伸びていった。

「そろそろだね」

ヴァルトルートの言葉が聞こえた。

「これで大型ネウロイを撃墜して新聞に載れば、また女の子からのファンレターが届くかなあ。デビーに写真も撮ってもらおう」

「墜とすのはオレだ」

直枝が答える。

「大型だけじゃなくて小型もまとめて墜としてやる」

「そんなに新聞に載りたいの？」

「ああ。エースとして名を轟かせて、誰にも文句をつけられないようになってやるよ」

自らの決意を示すように、直枝は断言した。

それからも飛行は続き、六人は想定戦闘空域に到達する。

だが文字通りなにもない。ニパが周囲を見回した。

「このへんだと思うんだけど……」

「方向を変えたのかしら」

エディータも呟いた。サーシャはいったん空中で静止すると、監視哨及び管制塔と連絡を取った。

「……隊長、レーダーに反応なし。地上の監視哨からも大型ネウロイ目撃の報告はありません」

「聴音機は？」

「不審な音は捉えていないそうです」

ラルの質問にサーシャはそう答えた。飛行音を捉える聴音システムは戦争初期にこそ活躍したが、近頃のネウロイは無音飛行をおこなうこともあり、あまり期待は持てない。

自分たちで哨戒するのが手っ取り早かった。

「二組に分けて哨戒します」

サーシャは素早く決断した。

「A小隊は東、B小隊は西を索敵します。大型ネウロイを発見しても無闇に手出しはせず、援護を待つこと。分かりましたね？」

直枝はなにも言わず、率先して東へと身体を向けた。

魔導エンジンが唸り、身体を前へと推し進めていく。後ろからはヴァルトルートとニパが慌ててついてきた。

「直ちゃん、急ぎすぎだよ」

「いいんだよ！」

「僕たちと編隊組めって言われてなかった？」

「じゃあさっさと来い！」

荒っぽく返事をした。

直枝にはある種の確信があった。それは大型のネウロイが、近くにいるということだ。この方角に違いない。発見するのはB小隊ではなく、自分だと思っていた。

ひたすらに飛行する。この先に、あのデカイのが存在する。以前の出撃で、なんとも言えない感覚に見舞われた。今なら分かるが、あれは大型ネウロイだ。そして今まさに、同じ気持ちに襲われている。

吐く息が白い。後方からはヴァルトルートとニパがついてきている。六本の飛行機雲が、オラーシャ上空に描かれていった。

やがて。

前方、雲と雲との間に、黒い物体を視認した。

「いた……！」

さらに接近。徐々に大きくなる。

長大な翼。後方に伸びる太い胴体。表面にちりばめられたような、菱形の赤いパネル。

そしてなんとも言えない、異形のものだけが発する圧力。

写真とまったく同じ、OX—1の識別番号が振られた大型ネウロイだった。

直枝は息を吸った。頭が熱くなる。目も充血するのが分かった。武器である九九式二号二型改機関銃を構える。

「やるぞ！」

右後ろのニパが驚く。

「カンノ、増援を待ってから……」

「待ってられるか！　このままじゃ基地が危ねえ！」

直枝は機関銃を構えると、一直線に大型ネウロイへと突き進んだ。

基地の危機を口にしていたが、本心はもっと別のことが占めていた。あのデカブツを撃墜して名を馳せて、孝美を呼び寄せるのだ。

OX—1は、視界に収まりきらないほど広がっている。あまりに大きくて距離感が分からなくなるほどだ。直枝はとりあえず中央部の赤いパネルに向かって飛んだ。多くの場合、コアは中央にある。

突然、大型ネウロイの両翼部のハッチが開いた。そこからいくつも虫みたいな外観の物体が放出された。

それらは直枝に向かって飛んできた。

「ちっ、空中空母かよ！」

護衛のための小型ネウロイだ。直枝たちを撃退するために出てきたのだ。

「中尉、ニパ、あの小さいのは任せる！」

後方からヴァルトルートの声。

「直ちゃんは？」

「オレはデカイのだけを攻撃する！」

返事を待たずに、魔導エンジンを全開にする。長島飛行脚の名発動機、栄二一型エンジンはここぞとばかりにフル回転した。

目標は大型ネウロイ。他は目に入らない。スコアは一機だが、あれだけの巨体を葬り去って話題にならないわけがないのだ。

なにがなんでもこいつを墜としてやる。

引き金を引きっぱなしにして射撃をする。太い薬莢が大量に乱舞した。

黒い機体に吸い込まれる。が、なんの反応もない。ＯＸ―１は低速で飛び続けていた。

「畜生、でかすぎて感覚が狂う……！」

命中したかどうかすら判別がつかない。弾は外れたか、命中しても跳ね返されたのだろうか。

直枝はちらりと横に眼をやる。

そこではヴァルトルートとニパが小型ネウロイを相手にしていた。敵は小回りを生かして後ろを取ろうとしており、必然的に格闘戦となった。

「わお」

ヴァルトルートはなるべく距離を取り、一撃離脱に持ち込もうとする。高度を頻繁に変え、推力と位置エネルギーを利用して瞬間的に攻撃していた。

「ニパ君、B小隊に連絡は⁉」

「今やってる！」

ニパは無線を飛ばしながら空戦をしていた。銃口を横に薙いで、小型ネウロイを追い払う。

「あっち行けー！」

小型ネウロイに命中して爆発。次々に墜としていく。敵の攻撃は防御シールド、あるいは回避機動で防いだ。

だがそのたびに大型ネウロイのハッチが開き、中から新手が出現してくる。空がネウロイで埋め尽くされたかのような錯覚まで起こった。

虫の羽音みたいな騒音が、四方八方から沸き起こっていた。

「凄い数だよ！」

「ニパ君、僕から離れないで！　直ちゃん！」

直枝にヴァルトルートの声は届いていなかった。届いていても無視しただろう。それほど彼女は獲物の撃墜を渇望していたのだ。

二十ミリ弾をどれだけ放っても傷を付けられない。だったらもっと近づいて、至近距離でお見舞いしてやる。

直枝はネウロイと正対して加速した。空気を掻き分けて突き進む。

「うおりゃー!!」

狙いを定めて射撃開始。弾丸が命中、表面で炸裂し、外板をいくつか剥がす。

真後ろに抜けた。ＯＸ―１に影響は見られない。傷はつけたが依然飛行を続けていた。

「くそっ……コアは!?」

目を凝らしたが見えない。よほど頑丈な装甲に守られているのだろうか。

「なら、もう一度……」

そのとき、ただ飛行していただけの大型ネウロイが輝いた。

「なっ……」

思わず直枝は言葉を漏らす。赤いパネルから四方八方にビームが放たれた。

ＯＸ―１の、ハリネズミのような斉射だ。空中は赤い光線で満ちあふれた。

彼女は身体を捻り、かろうじてこの攻撃をかわす。大型ネウロイは、二撃、三撃とビームを発射する。

小型ネウロイも向かってくる。直枝は回避行動を取っているので、武器の狙いがつけられない。

「やべっ……！」

かろうじて照準を合わせ、手前の小型ネウロイを撃墜する。だがその横からもう一機。対応が間に合わない。

「直ちゃん！」

ヴァルトルートが飛び込んできた。

「僕の後ろに！」

彼女は直枝に急接近する小型ネウロイを一回の射撃で粉砕する。別の攻撃はシールドで防ぐ。そこに大型ネウロイのビームが降り注ぐ。

ヴァルトルートのストライカーユニットを撃ち抜いた。

「うわっ!?」

「おいっ、中尉！」

　直枝が手を伸ばす。ヴァルトルートはなんとか体勢を立て直しているが、急激に高度を落とした。

「カンノ、上、上！」

　ニパの声。急いで上空を見ると、別の小型ネウロイが逆落としに襲いかかってきた。

　直枝は機関銃を向けて撃つ。ニパも隣でほぼ同時に発砲した。

　激突寸前で小型ネウロイに命中。二十ミリ弾が機体を切り裂き、炸裂する。

　これはあまりに近かった。

　シールドの展開が間に合わない。破片が直枝とニパの二人に浴びせられた。

「うおっ⁉」

「きゃーっ⁉」

　顔を覆う二人。破片が服やストライカーユニットを傷つけていく。

　身体が傾く。零式艦上戦闘脚二二型甲とBｆ１０９Ｇ2が推力を失い、石ころのように落下をはじめた。

　どうにかして飛ぼうとするものの、そこに大型ネウロイのビームが放たれる。

　顔を向けることすらできなかった。直枝はそのまま、オラーシャの地面に落下していった。

* * *

今の時期、オラーシャの森林には雪が降り、木々の梢を白く染め上げている。上空から見れば緑と白の斑模様となっていた。

だが地上にいると、そう呑気なことも言っていられない。直枝はシベリアモミの先端に引っかかっていた。

「いてて……くそっ！」

逆さまになったまま罵る。ストライカーユニットの右脚がシベリアモミの枝に絡まっているのだ。そのため地面に叩きつけられなかったが、頭に血が上る。

まずは木の幹に手を伸ばし、なんとか身体を支える。

「よい……しょっ！」

力を込めて右脚を抜いた。そのまま彼女は落下する。

地面に落ちた。枝と雪がクッションになったので、なんとか気絶せずにすんだ。

「ひでえ目に遭った……」

直枝は上空を仰いでぼやいた。

改めてストライカーユニットを確認。右、左とも外板が剝がれて内部機構が剝き出しになっている。一部からはオイルも漏れていた。

試しに動かしてみる。プロペラは回ったが、扇風機レベルの回転力だ。これでは魔力を効率よく推進に使えない。もちろん、基地に帰るのも夢のまた夢だ。

「なんてこった……歩きかよ」

上空を眺める。木々に遮られてよく見えないが、ネウロイの姿はない。ついでに今いる場所もよく分からなかった。

どうやって現在位置を確認しようかと思っていると、遠くから声がした。

「おーい」

見ると、ニパが飛んでくる。

飛ぶといっても、せいぜい地上から一メートル程度だ。それくらいしか浮き上がれないらしい。そして彼女は直枝の近くまでやってくると、とうとう落っこちた。

「痛……」

「おい、平気か？」

「ワタシはいいんだけど、これがね……」

ニパのストライカーユニットはうんともすんとも言わなくなっている。外板もひどく汚れており、空気取り入れ口には破片とシベリアモミの葉が詰まっていた。

二人ともストライカーユニットを脱ぎ、一息ついた。

「カンノ、怪我は？」

「擦り傷と打ち身とあと色々だな」

そう言ってから顔をしかめた。見ると、左腕の感覚がおかしい。

「脱臼したみてえだ」

「治さなきゃ！」

「どうやんだよ」

「ちょっと我慢して」

ニパは直枝の腕と肩を掴むと、力を込めて引っ張る。異音がして、直枝は思わずうめく。

「いてえいてえ」

「どう？」

「……楽になったよ」

それからニパはシベリアモミの枝を折ると、サバイバルキットから包帯を出して左腕に縛りつけた。簡単な添え木である。

直枝は感心した。

「手慣れてんな」

「ワタシはよく落ちるからね」

「お前の怪我は？」

「治した。ワタシは超自己回復魔法が使えるから」

これはニパの特技であった。そのためかなりの怪我を負っても生還できる。いいことずくめではあるのだが、自分だけで他者には使えないのが欠点だった。

「あとは中尉だな……」

直枝が周囲を見回すが、自分たち以外に動物の気配はない。

「あっちに落ちていったのが見えたよ」

ニパが指さす。二人は外したストライカーユニットを担ぐと、歩き出した。

地面にはうっすらと雪が積もっている。二人は踏みしめながら進んだ。今年は暖冬らしく、それほどの降雪はない。これで脚が埋まるほどの積雪だったら難渋していたところだ。

吐く息が白く凍る。やがて、ひときわ大きなヨーロッパトウヒの根元にもたれかかっている女性の姿を見つけた。

「中尉！」

「クルピンスキーさん！」

二人は同時に叫ぶと、急いで駆け寄った。

ヴァルトルートは目をつぶっていた。青くなったニパが声をかける。

「クルピンスキーさん、中尉！」

ヴァルトルートからは返事がない。だがゆっくりと目が開いた。

「騒がしいなあ……」

直枝も声をかけた。

「平気か中尉」

「まあね……」

「しっかりしろ。景気づけにオレの胸でも揉むか？」

ヴァルトルートは薄目で直枝を見た。

「つまんなそうだからいいや」

「この野郎、生きて帰ったら殺してやるからな！」

叫びながらも、直枝は安堵の息を漏らした。

ヴァルトルートは苦笑しながら立ち上がる。

「よいしょっと……。なんともないよ。ただ魔力を使いすぎたんだ。疲れたよ」

「よかった……」

ほっとするニパ。

直枝はヴァルトルートのストライカーユニットを確認していた。

「……まあ、オレたちと同じくらいぶっ壊れてんな。中尉、負傷してないのか？」

「打ち身と切り傷かな。すごく疲れたから、ここで寝たかった」

「こんなところで寝たら凍死するだろうが」

幸いまだ明るいが、雪の中で寝たらどうなるか想像に難くない。

三人はなるべく風がこない位置に移動すると、ヨーロッパトウヒの枝を箒がわりにして雪を掻き分け、地面を露出させた。

直枝が枯れ枝を集める。ニパがオイルライターを持っていたので火を点けた。炎はしばらく小さく揺らめくだけだったが、しばらくすると大きな焚き火となった。

これで暖をとることができる。炎と煙がネウロイに見つかる可能性もあったが、今は生き残る方が先だった。

ヴァルトルートもストライカーユニットを脱いでいた。目立った怪我はないようだが、相当疲労しているらしく、今にもうつらうつらしそうだ。

「このまま寝たら、可愛い女の子に囲まれてる夢を見そうだ」

「寝かせねえから安心しろ」

直枝は言いながら顔をしかめた。左腕の痛みがぶり返している。背中にも痛みがあった。余計な心配をさせたくなかったので、喋ることはしない。

代わりに上空を仰ぎ見た。

「助けは……と言いてえが、無線ぶっ壊れてんだよなあ」

三人とも無線が故障しており、連絡は不可能だった。基地がどうなっているのか、ラルたちがどうしているのかまるで不明だ。

「しょうがないよ。なにか食べよう」

とニパ。

「食べれば中尉の疲れもやわらぐよ」

ウィッチには緊急時に備えてサバイバルキットが渡されている。普段は弾薬入れと同じところに収納されていることが多い。中身は非常食や止血剤、コンパスなどなど。

直枝とヴァルトルートのサバイバルキットは脱落して紛失していたので、ニパの非常食を分けた。

中身はカフェイン入りビターチョコレート。三人はゆっくりと頬張った。

直枝が呟く。

「甘いものがあるとほっとするな。でもオレは米が食いたい」

「ここじゃ贅沢は言えないけど、ワタシ、ナッキレイパ（クラッカー状のパン）が食べたいなあ」

ニパも似たような感想らしい。彼女は両手で持って、リスみたいに齧っていた。

「こういうのって改善の余地があるんじゃないかな」

ヴァルトルートがほっとした表情を浮かべていた。

「元気がでるのは本当だね。落ち着いたよ」

顔も明るくなっている。チョコレートのカロリーがいい方向に作用していた。

「僕のサバイバルキットがなくなったって知ったときは、どうしようかと思った」

「オレもだ。あいつら狙ったんじゃねえのか」

直枝は戦闘を思い出して顔をしかめた。とてもよくできたとは言えない空戦だった。

「でもこれは無事だった」

ヴァルトルートは上着の内側から、スキットルを取り出した。これは鉄製の携帯用ボトルで、中には酒が入っている。

「ブランデーだよ。一杯やろう」

直枝は呆れた。

「どうして持ってんだ」

「整備兵たちとカードやって、賭け金の代わりに貰ったんだ」

「それ、元は隊長のだぞ」

直枝がくすねた酒が回り回ったのである。持ち主がころころ変わってブランデーも大変なことだ。

「はい、カンノ」

ヴァルトルートは蓋を開けてひとくち含むと、ニパに渡す。ニパも飲んだ。

受け取った直枝はしげしげとスキットルを眺める。意を決して口に含んだ。

「……まじぃ」

吐き出して口を拭う。

彼女は飲酒をしない。そもそもどうしてこんなものを飲みたがるのか、理解できなかった。

ニパがきょとんとしていた。

「およ、カンノは飲めないの？」

「扶桑人は下戸が多いんだよ」

「おいしいよ」

「理解できねえや」

ただ、飲まなかったとはいえ、ブランデーとチョコレートのおかげで身体は温かくなった。

直枝はヴァルトルートにスキットルを返す。彼女はもう一度口に含むと、「本当はワインのほうが好きなんだけどね」と言って蓋をした。

食事が終わると、各人のストライカーユニットを確認することにした。

整備用のパネルを開けて中を調べる。ヴァルトルートのBf109G6はクランクシャフトと過給器の周辺が損傷していた。ニパのBf109G2は、なんと空気取り入れ口の異物のせいで過熱したのが墜落原因らしく、取り除けば飛べそうであった。

一番ひどく損傷しているのが直枝の零戦二二型甲だった。

「よく分かんねえな……蹴飛ばしたら直るか？」

「肝心なところは無事のようにも見えるけど」

ニパが隣から覗き込む。内部点検をしていたせいか油まみれだ。直枝は彼女を見た。

「中尉のはどうだった？」

「ワタシと部品が共通だから、やりくりすれば飛ばせると思う」

「そりゃ幸運だが、オレのは無理だな……」

栄エンジンの予備部品は遠く扶桑から持ってこなくてはならない。あまりに不便なので現地改造として欧州製のエンジンを積むこともあるのだが、重量とバランスの問題ではかばかしい成果は得られていなかった。

とりあえずできるかぎりのことをしてからパネルを閉じた。

「また整備兵に嫌味言われるな」

「サーシャさんも怒りそうだよねえ」

問題はまだある。武装であった。ヴァルトルートとニパのMG42は残弾が心もとなく、直枝に至っては九九式二号二型改を紛失していた。

「ったく……撃墜が遠ざかるぜ。畜生！」

息を吸うと、零戦二二型甲の外板を大きく叩く。音は雪に吸収され消えていった。

ヴァルトルートが直枝をじっと見つめていた。

「……直ちゃん、焦ってるの？」

「ああ。賭けはまだ続いているからな。焦るさ」

「別にお金を賭けてるわけじゃないのに」

「ネウロイどもを墜とさねえと、オレの気がすまないんだ」

彼女は言い切る。なんのためにそうするのか、他の二人はすでに理由を知っていた。

それでもここまで固執するのが不思議らしく、ニパが訊いてきた。

「そこまでするんなら、扶桑帰ったときに転属願を出せばよかったのに」

「やろうと思ったら502に引っ張られた」

「そんなに会いたいの？」

「会いたいってのもそうなんだが、あいつと一緒に戦いたいんだよ」

　直枝はぼんやりと宙に視線を巡らせた。

「あいつは……孝美が飛ぶのは優雅なんだ。オレなんかただ荒っぽいだけだが、孝美は空に乗ってるってのがぴったりくる。なのに空戦じゃ後ろに引くってことを知らねえ。あんなに綺麗でかっこいい飛び方をするやつは他に知らねえよ」

　この気持ちは、初めて会い、飛行するのを見たときから変わらない。

　かつて孝美は、胡散臭そうな眼をする直枝の前で、展示飛行を申し出た。そしてふわりと浮かぶと、いとも簡単に鮮やかな円を描いて見せたのだ。

　まるでダンサーのような身のこなしだった。訓練生だった直枝はただ茫然と見つめ、自分にあんな飛び方ができないことを直感的に悟ることになった。その代わり、彼女に引けを取らないウィッチとなって、一緒に戦うことを夢見てきたのである。

　そのためにはネウロイを墜とさなければならないのだ。だが今は逆に落とされ、こうして焚き火を囲んでいる。

がくりと肩を落とした。

「その……悪かったな」

直枝は言った。

「オレが馬鹿やったおかげで、みんな墜とされちまった」

頭を下げる。

「これじゃ基地がどうなったのかも分からねえ。みっともなくて死にてえよ」

ラルたちが大型ネウロイを墜としてくれと願うしかない。自分のしたことを振り返ると懲罰房なら御の字だ。サーシャにどう思われるかを考えるだけで、胸が苦しくなった。

「少しは落ち着こう」

ヴァルトルートは焚き火に枝を放り込む。

「直ちゃんだけで戦ってるんじゃないんだ。僕らもいる」

「ワタシも」

ニパが手を上げる。直枝は安堵の表情。

「なんか悪いな」

「だってカンノに優しくすれば、ブリタニアのイッルにいい評判が伝わるかもしれない」

「……結局自分のためかよ！」

ヴァルトルートが笑った。

「僕は直ちゃんのために戦うよ。相棒が来られるように手を貸そうじゃないか」

「孝美に変なことするつもりだろ」

「そんなことしないよ。でも向こうが僕に迫ってきたら、仕方ないんじゃないかな」

「絶対にやめろ！」

直枝は文句を言う。

風が吹き、冷気が三人を包む。焚き火に手をかざした。

「……ま、お前らに迷惑かけちまったんだ。基地に帰れたら、オレの本でも貸すよ」

ニパがにこやかに返事をした。

「ありがとう。ワタシは代わりにサルミアッキあげる」

「食わねえって言ってんだろ……」

「僕は直ちゃんと一緒にシャワーを浴びてあげよう」

「いらねえよ！　だんだん帰りたくなくなってきたぞ！」

焚き火が小さくなってくる。笑い声で炎が揺らめいた。

空はまだ明るい。が、そろそろ暗くなってもおかしくなかった。

「……行くか」

直枝は呟く。ニパも上空を確認していた。

「そうだね。遅くなるのはまずいよ」

体力が戻ってきたので、三人は飛ぶことに決めた。

これが夜になると雪の森で一晩過ごさなければならなくなり、しかも地上型のネウロイに襲撃される危険度が跳ね上がる。今のうちにペテルブルグまで帰還することにした。

焚き火を消し、雪を積み上げ、ストライカーユニットを刺して直立させる。直枝はなんとか装着すると、ゆっくり息を吸った。

「動いてくれよ……」

身体はなんとか浮き上がる。プロペラが回転した。

「やった！　……けど、やっぱ調子よくねえな」

前に起動を試みたときと似ている。だがなんとかしようと四苦八苦したのが功を奏したか、そのときよりは飛べそうではあった。

空中に浮かぶ。速くはなかったが、上昇も前進もできた。

ヴァルトルートが手を差し出した。彼女とニパは十分飛行可能だ。

「僕とニパ君で直ちゃんを支えるよ。それなら十分飛べる」

「すまねえな」

「いいさ。お礼はあとでじっくり考えるから」

ヴァルトルートが右肩（みぎかた）、ニパが左肩を支えた。三人はひとかたまりになって飛び立った。

ナビゲーションはニパが担当する。彼女は片手で地図を広げると、コンパスと睨（にら）めっこした。

「あっちだ」

「信じるよ、ニパ君」

ヴァルトルートのいる方角がペテルブルグだ。そちら側に身体を向ける。

異音を撒（ま）き散らしながら、三人は飛行をおこなった。

と、全身を振動（しんどう）が襲（おそ）った。

空気が震（ふる）えている。びりびりと小刻みに揺れ、不快感となって二人を包み込もうとしていた。

直枝はこみ上げてくる吐（は）き気を懸命（けんめい）に堪（こら）えた。

「なん……だ⁉」

背後を振り返る。

そこにはあの大型のネウロイ、ＯＸ―１がいた。

赤いパネルが煌々（こうこう）と灯（とも）り、天を照らしていた。まるで自らの姿を誇示（こじ）しているかのようだ。そして周囲に従える大量の小型ネウロイ。ウンカの群れと見紛うほどだが、もはや宙に浮かぶ艦隊だった。

それははじめて遭遇したときとは、比べものにならない威圧感をともなっていた。

三人は、今こそが真の姿なのだと、直感的に理解した。さきほどから全身を襲う不快感、圧迫感こそが大型ネウロイなのだ。

まっすぐ彼女たちに向けて飛行している。

ぞくっとした。

「まだいやがったのか……」

直枝が声を絞り出す。

「ねえ……あいつ、ワタシたちの方に飛んでない？」

とニパ。ヴァルトルートがうなずく。

「そうみたいだね」

「もしかしたらさ、基地そのものっていうより、ワタシたちが狙いなのかも」

ニパの説に、ヴァルトルートはいったん口をつぐんだ。

少ししてから喋り出す。

「可能性はあるね……。ネウロイから見たら、僕たちは邪魔なんだから。倒してしまえば基地なんてただの置物だ」

「くそっ、だから待ち構えてやがったのか！」

直枝はうなり声を上げた。

道理ですぐに出現したわけである。無音飛行のまま周囲を旋回し、こちらを発見した途端に威圧感を剝き出しにしたのだ。

ネウロイに意思があるかどうかは不明だ。そんなことは誰も知らない。だがウィッチに対して罠を仕掛けたとしか思えなかった。

なんにせよこのままでは危ない。確実にこちらを狙ってくる。

ヴァルトルートが叫んだ。

「ニパ君！」

「うん！」

二人が加速する。速力の劣る直枝を引っ張った。

今までよりは飛行速度が速くなった。

だが大型ネウロイは遠ざからない。相手も加速をしているのか、ぴたりとついてきている。

「ニパ君、もっとスピード上げて！」

「やってるって！」

二人のストライカーユニットも本調子ではない。魔導エンジンからは異音すらしている。

そしてOX—1はじりじりと接近していた。

直枝は自分の両足に怒鳴った。

「おい、ちゃんと動け！　もっと働け！」

叱咤が効いたか、プロペラが先ほどまでよりはましな回転をはじめた。これなら単独でもなんとか飛行できるかも知れない。

一瞬希望が芽生える。だが、それらを打ち砕くかのように、大型ネウロイの周囲にある黒点が動き出した。

小型ネウロイが戦闘行動を開始したのだ。

敵の数は二機。急加速し、三人に襲いかかってくる。猛禽類のように翼を広げていた。

ヴァルトルートが叫ぶ。

「回避行動は僕が指示する！　ニパ君は撃って！」

小型ネウロイは高く舞い上がると、後方上空から突っ込んできた。

「左旋回！」

ヴァルトルートが引っ張る。直枝とニパは左に曲がる。

「右！」

今度は反対方向。敵の光線が、さきほどまでいた空間を通過する。

ニパが身体をねじって上を向いた。

「このっ!!」

MG42の射撃を開始。銃身を左から右に薙ぐ。左側の小型ネウロイに命中し、半分に切り裂く。

もう一機はこちらを正面に捉えていた。

光線が放たれる直前、ヴァルトルートが叫ぶ。

「上昇！」

三人は同時に上へ飛ぶ。小型ネウロイは光線を発射したまま足の下を通り抜ける。

「喰らえー！」

ニパがまた発砲。翼にいくつかの命中弾を与える。ネウロイはふらふらと蛇行すると、爆発しながら落下した。

大きく息を吐いた。

ただこれだけの戦闘機動なのに、全員かなり消耗していた。墜落前の疲労がまだ抜けきっていなかったのだ。

大型ネウロイの周囲から、また小型ネウロイが動き出した。

数がかなり多い。先ほどのはたったの二機だったから、小手調べだろう。このあと来るのが本気の連中だ。

直枝は顔を歪めた。敵に遠慮の様子はない。こちらは三人とも消耗したウィッチで、うち一人は武器すらない。

彼女は覚悟を決めた。

「仕方ねえ……オレが戦う。おい、武器を置いていけ。お前らなら……」

「いや……」

ヴァルトルートが後方に視線を向けながら言う。

「ニパ君、ちょっと頑張ってみないか」

「え？」

ニパが目を向ける。

ヴァルトルートの声音はいつもと同じだが、静かな力強さがあった。

「直ちゃんを相棒に会わせようと思うんだ」

ニパは瞬時に理解した。

「いいよ、やろう！」

怪訝な顔になる直枝。

「ちょっと待て、なんで孝美が出てくるんだよ。オレは？」

ヴァルトルートが言う。

「直ちゃんは飛べるようになったよね。このまま真っ直ぐ飛行して、基地に戻るんだ」

「中尉とニパはどうすんだよ⁉」

「さっき言ったじゃないか」

ヴァルトルートは笑った。

「雁淵孝美と会わせてあげるよ。だから、ここは僕らに任せて」

直枝は息を呑む。

ヴァルトルートとニパの考えていることが分かった。二人はここに残り、ネウロイの大軍を防ぐと告げているのだ。

損傷したストライカーユニットを抱え、弾の減った武器を持って。

敵はただでさえ数が多く、大型ネウロイまで控えている。そこに戦いを挑むのは、自殺行為という言葉が楽観的に感じるほどだ。

どのような結果になるのか、考えるまでもない。

直枝は焦り、大声を出した。

「オレがやるって言ってんだろ！」

ヴァルトルートが首を振る。

「駄目だよ。ここは欧州、僕たちの空だ。扶桑人はお呼びじゃないんだ」

「オレだってずっと戦って来たんだ！」

「生きて帰れば、いつかは雁淵孝美と会えるさ」

「そうそう。カンノは基地に帰って、サルミアッキ食べてて」

ニパは汚れた顔で言った。

「もうあまり残ってないけど」

「お前が食えよ！　オレのために戦う必要なんかないだろ！　お前らが帰れよ。あいつらはオレが……」

「僕はこういうのが大好きなんだよ」

ヴァルトルートが機関銃を構えた。

直枝は息を詰まらせた。

凛とした意志に圧倒されていた。戦う心に気圧され、返事ができなかった。

そこにいるのは、第５０２統合戦闘航空団の誇る二人のウィッチ。いい加減で享楽主義者で、多くのネウロイを墜としたエースと、人見知りでまずい菓子が大好きで、祖国を守り抜いたエースの二人だった。

彼女たちは直枝を守るためだけに、ネウロイの集団と戦おうとしていた。

仲間の願いをかなえるという、ただ一点のみの気持ちで。

直枝は青い顔をしながら言う。

「お、おい……嘘だろ」

「ワタシたちは嘘は言わないよ」

とニパ。直枝は激しく首を振る。

「いいや嘘だ。嘘に決まってる！　オレだけのけものになんかしねえよな⁉」

「ごめんね」

ニパがヴァルトルートをうながす。

二人は静かに直枝を離した。そして遠ざかっていく。

直枝は慌てて手を伸ばす。だが、空を切るだけだ。

「待てよ、待ってくれ……！」

ヴァルトルートとニパはもう振り返らない。魔導エンジンの力を振り絞り、ネウロイの集団に向かって飛んで行く。

直枝はその背中を、茫然と見送っていた。

一人空中に取り残されていた。

動けなかった。ヴァルトルートとニパの言葉が足枷となり、彼女たちに追随することができなかったのだ。

気持ちは共にいようとしていた。だが気持ちが大きくなればなるほど、身体はついていかない。

「動けよ！」

脚部のストライカーユニット、零式艦上戦闘脚二二型甲を怒鳴りつける。

「あいつらが危ないんだ！　オレも一緒に行く！　一緒に戦う！　だから動けよこん畜生！」

ストライカーユニットは沈黙を続ける。幾多の戦闘をくぐり抜けてきた愛機が言うことを聞かなかった。身体を浮かせているだけであり、風に乗ってペテルブルグ方面に流されるがままとなっていた。

ネウロイの集団の中に小さく炎が閃く。二人が接敵したのだ。

直枝はなにもできなかった。

「馬鹿野郎！」

空中で拳を振り上げる。

「馬鹿、ばーか！　お前らなんか知らねえからな！　もう部屋に入れてやんねえぞ！　本だって見せてやんねえ。サルミアッキだって食わねえし、酒もいらねえ！　お前らなんか大嫌いだ！」

ネウロイの中にいくつもの炎がきらめく。立て続けに爆発があり、激しい戦闘が発生する。

戦闘騒音は聞こえない。それでも二人が必死で戦っているのは伝わってきた。

「ネウロイなんか嫌いだ！　ウィッチなんか嫌いだ！　オラーシャなんか嫌いだ！　こんな世界なんか大嫌いだ!!　だから、だから……死ぬなよ!!」

直枝の目から涙が溢れた。自らの意思と関係なく、止めどなく流れ、オラーシャの空に散っていく。

彼女は涙を拭わない。拭えなかった。

「死ぬなよお……」

空中にひときわ大きな炎が咲いた。

＊　　＊　　＊

ヴァルトルートとニパは、並んで飛んでいた。前方には小型ネウロイが、渡り鳥の大群みたいにずらりと並んでいる。その後ろには大型ネウロイ。

たった二人で戦いを挑むつもりだった。疲労はあるが、ここで後ろを見せては女がすたる。

「びびっても笑わないよ、ニパ君」

「やめてよ中尉。カンノに馬鹿にされるようなことはしないよ」

「そうだね」

「スオムスだって守ったんだ。ここだって抜かれない」

「その意気は僕も見習うよ」

ヴァルトルートは言う。そして敵を凝視した。

敵は三群に分かれている。一群が高度を取り、もう一群は向かって右から迎撃しようとしている。残りはやや外れたコースを取っており、恐らく直枝を襲うつもりだ。

舌で乾いた唇を舐めた。

「直ちゃんを戦わせるわけにはいかないよねえ」

「やろう、中尉！」

「よし、まずはあいつらからだ！」

ヴァルトルートは直枝に向かおうとしている小型ネウロイの、鼻面に突っ込んでいった。

ＭＧ42のコッキングレバーを引き、一連射。飛行を邪魔されたネウロイが、思った通り立ち向かってくる。

赤いビームが宙を貫く。ヴァルトルートは余裕をもって防衛用のシールドを張る。攻撃を防ぐと両足を小刻みに動かし、空中で巧みに姿勢を変える。

小型ネウロイ集団の、真ん中に突入した。

周囲全てから敵が射撃してきた。全開にした魔導エンジンの音、小型ネウロイの飛行音、機関銃の射撃音などが入り乱れ、滅茶苦茶になってくる。

ヴァルトルートは被弾しない。それどころか敵の横すれすれを飛び、同士討ちを誘発することまでおこなっている。時々発砲して、さらなる混乱を巻き起こしていた。

敵が左右に分かれ、挟み込むようにヴァルトルートに向かってくる。これは避けられない。

彼女はにやりとすると、両足を前に振って空中で急停止。そうしてから身体を引き上げて敵の上に出る。

小型ネウロイはぶつからないように速度を落として上下に重なっていた。

「いただき！」

二機まとめて撃ち抜いた。どちらの敵機も穴だらけになり、墜落していく。

ヴァルトルートは新たな敵に向かっていく。

離れたところではニパも奮戦していた。

「よいしょっと！」

ニパが敵を薙ぎ払う。機関銃弾がミシン目のような跡をつけ、小型ネウロイが爆発した。

彼女はスオムスでも活躍した一線級のエースウィッチだ。「ついてない」と称されることもあるが、大群相手に怯むようでは祖国を防衛できなかったのだ。ここでもまた、その力を存分に発揮していた。

左後方の小型ネウロイに射撃を見舞い、即座に身体を回転させると前方からの敵攻撃を避け、至近距離まで近づいてから撃つ。小型ネウロイは真っ二つになって墜ちていった。

その行方を追う余裕はなかった。敵は多く、後から後からやってくるのだ。

先端を灼熱化したネウロイが、猛然と飛びかかってくる。

「しつこいな！　これでどうだ！」

ニパは叫び、真っ正面から撃った。その銃弾が跳ね返される。

一瞬驚くニパ。だが彼女は身体を沈ませると、なんと機関銃を持っていない手で小型ネウロイの下部を摑んだ。そこを支点に身体を回転させ、銃口を突きつける。

発砲と同時に手を離す。敵はふらふらと飛び、空中で爆発した。

「さすがニパ君！」

ヴァルトルートの言葉に、ニパも言い返した。

「中尉ほどじゃないよ！」

「直ちゃんに見せられないのが残念だ！」

ちらりと前方に視線を向ける。二つの小型ネウロイ群が接近してきた。この戦闘に加わるつもりなのだ。

「新手だ」

「大安売りだね」

とニパ。

「ワタシの弾はまだあるし、エンジンもまあまあ大丈夫」

「僕もだ。行こう！」

二人は戦闘を再開する。オラーシャの上空に、いくつも死の華が咲いた。

戦いはさらに激しさを増す。ネウロイの数は多く、ウィッチの数はわずか。

それでも互角以上の力を発揮し、片端から撃墜していった。

彼女たちが生き残っているのは、混戦がいい方向に作用しているからだ。小型ネウロイはウィッチ二人を見失い、同士討ちすらおこなっている。動き回る二人を捉(とら)え切れていなかった。

ヴァルトルートとニパにとっては周囲全部が敵だ。撃てば絶対に当たる。撃つごとに、小型ネウロイがいくつも火を噴(ふ)き、墜ちていく。

「まだいけるかい!?」

「もちろん！　中尉は!?」

「言うまでもないよ！」

ウィッチはストライカーユニット装着済みの脚(あし)を動かすことにより、複雑な三次元機動を可能にしている。それを最大限利用して飛び回った。

二人の精神が高揚(こうよう)し、疲労(ひろう)を感じさせなくなる。宙を舞(ま)い、銃を撃つ。魔力が最大限の力を供給していた。

と、いきなり周囲の空気が揺(ゆ)れた。

ヴァルトルートは思わず顔をしかめる。圧迫感(あっぱくかん)があった。

「中尉、前方！」

ニパの叫びにつられて前を見た。

大型ネウロイ、ＯＸ―１が接近していた。

パネルが光っている。いっこうに二人を撃墜できないから、やってきたのだろう。圧倒(あっとう)的な火力で制圧、撃墜するつもりなのだ。

赤いパネルが激しく輝(かがや)いた。

無数の光線が放たれる。味方の小型ネウロイすら貫きながら、二人に向かう。

「避けて、回避(かいひ)機動！」

ヴァルトルートは怒鳴(どな)ると同時に右脚(みぎあし)を振(ふ)り上げる。自分の身体すれすれをビームが通過していった。

隣(となり)のニパは防御(ぼうぎょ)シールドを展開していた。だが大型ネウロイのビームは高出力であり、シールドそのものを破壊(はかい)しようとしている。

魔方陣(まほうじん)の形をした防御シールドが砕(くだ)けた。

「うわっ⁉」

ニパがバランスを崩(くず)す。そこに小型ネウロイが襲いかかった。

「ニパ君！」

ヴァルトルートは空中で加速。間に合わないとみるや、そのまま小型ネウロイに身体をぶつける。

敵がひっくり返った。そこに機銃弾(きじゅうだん)を浴びせた。

ニパの手を取って引っ張った。ネウロイは落下していき、少しだけ危機を脱した。

「あ……ありがとう、中尉」

「油断できない。まだ大きいのがいるよ」

ＯＸ−１のことだ。あいつこそがこの空域を支配しているのである。

また光線が放たれる。今回は展開した防御シールドでなんとか防ぐことができた。

ただ、無数に繰り返されると、間違いなくこっちが先にへばる。すでに魔力を限界まで放出しているのだ。いちいちシールドを張っているだけではもたなかった。

決断のしどころだった。

「ニパ君……」

ヴァルトルートは大型ネウロイを見つめた。

「弾はまだある？」

「かなり少ない」

「僕もだよ」

手を差し出した。

「銃を貸して」

「え？　これワタシのだよ」

「知ってる」

「……やだ！」

なにをしようとしているのか察し、ニパはＭＧ42を抱えた。

「絶対に渡さない！　ワタシだけ帰そうなんて、そうはいかない！」

「君、直ちゃんと仲よかったじゃないか。あの娘を一人にするのは可哀相だ」

「カンノは雁淵孝美がいるからいいんだよ！」

憤然とするニパ。

ヴァルトルートは思わず苦笑した。

「僕は君も守るって請け合っちゃったんだけどなあ」

「中尉が帰ればいいじゃないか！」

「それも嫌だ」

ちらりと前方を見る。ＯＸ―１と小型ネウロイの集団は体勢を立て直しつつあった。

「……ニパ君、これからはなにがあっても、助けられないよ」

そんな余裕はないのだ。すでに背中は汗びっしょりで、息も上がっている。小型ネウロイを相手にし、さらに大型ネウロイと本気で戦うのだから、自分のことだけで精一杯だ。

「分かってる」

ニパは言い返した。

「ワタシだって中尉を助けない」

「そうこなくちゃ」

二人の機関銃に、弾は残り少ない。恐らく次が最後の攻撃になるだろう。

それで大物を喰うつもりだった。

あの大型ネウロイを。

あいつさえ墜としてしまえば、直枝は助けられる。基地も救える。ウィッチ二人の命を引き替えにしたってお釣りが来るはずだ。

「……行くよ！」

魔導エンジンも最後の奉公とばかり、大きくうなり声を上げた。

この時、二人は知らなかった。

自分たちの後方から、人影が近づいていることを。

＊　　＊　　＊

直枝は泣きじゃくっていた。今の彼女には、それしかできなかったのだ。

「中尉、ニパ、死なないでくれ……！　生き残ってくれ……！」

ふがいなさが自身を襲う。仲間の戦闘を黙って見ているだけの辛さが身体に染み込んでいく。

もう賭けなど関係なかった。勝ち負けなどどうでもいい。あの二人と再び飛べるのなら、いっそ一生負けでもよかった。

「頼むから、頼むから死なないでくれ……」

「死なせませんよ」

ふいに背後から声がする。

直枝は驚いて振り返った。

「扶桑の大エースが泣いてどうするのです。さあ、元気を出しなさい」

姉と間違えそうなほど、そっくりな声。

サーシャだった。

La5FNを装着し、Dp28軽機関銃を構えている。彼女の隣にはラル、そしてエディータがいた。

三人が、直枝を気づかうように飛んでいた。

「サーシャ……」

直枝は思わず抱きついた。サーシャが優しく髪を撫でる。

「私たちが必ず助けます」

彼女ははっきりと言った。

「だから安心してください。あなたたちの勇気を無駄にはしません」

直枝たちのA小隊の行動は無謀なものであったが、おくびにも出さない。

隣のエディータはふっと息を吐く。

「管野さんを泣かせるなんて、まったくクルピンスキーは、私がいないと駄目なのね」

そしてMG42を敵の方角に向けていた。

ラルもその方向を見ながら告げる。

「私とエディータは戦闘に参加、二人を助ける。サーシャは管野を連れて基地へ戻れ」

「了解しました」

「まったく、怪我持ちの司令官まで働かせるとは、指揮のし甲斐がある部隊だ」

ラルとエディータはストライカーユニットを加速させる。一直線に飛んでいった。

サーシャが直枝に言う。

「さあ、帰りますよ」

「……いや、待ってくれ！」

直枝は懇願した。サーシャにすがりつく。

「あいつらだけを戦わせて、オレは見てるなんてできねえ！」

「管野さん、あなたのストライカーユニットは損傷していて、武器もありません。なにができるというのです」

「できる！」

直枝は言い切った。

「武器なんかいらない。オレは……こいつで倒す！　あいつらを助ける！」

拳を握りしめ、サーシャに突き出した。

サーシャは返事をしない。

直枝がサーシャの目を知っているように、サーシャも直枝の目を知っている。

これはオラーシャを守るために飛び立つウィッチのものだ。彼女は今まで何度も見てきている。モスクワで、リバウで、ペテルブルグの防衛戦で。この広々とした大地を飛ぶものは、きまってこういう瞳になるのだ。

頑固で勇敢で、決して屈しない精神の発露。

戦う女の目であった。

この瞳の前では、階級も命令も意味を成さない。

「……分かりました」

息を吐く。

「連れていってあげます。危なくなったら下がってください」

「ありがとう！」

直枝の顔が明るくなる。サーシャは「私は戦闘隊長失格ですね……」と嘆いていた。

サーシャに手を引かれ、戦闘空域へ。

戦いはまさに佳境だった。

ヴァルトルートとニパの中に、ラルとエディータが加わっていた。小型ネウロイの中で乱舞し、大型ネウロイの攻撃を防ぎつつ戦っている。

ラルは人類で三番目にネウロイ二百五十機撃墜を成し遂げた大エース。エディータはヒスパニア戦役からの大ベテランだ。敵と戦う勘所はすべて把握している。どれだけの敵が相手だろうと、一歩も引かない。

直枝は意を決すると、サーシャから離れて飛んだ。

魔導エンジンは停止寸前だ。振動も大きく、ここでバラバラになってもおかしくない。

だが言うことを聞かなかった零式艦上戦闘脚二二型甲は、直枝の決意と呼応するかのように、動き出していた。

「中尉！　ニパ！」

今まさに大型ネウロイと雌雄を決しようとしていた二人が振り返る。揃って仰天していた。

「直ちゃん⁉」

「カンノ⁉　基地に帰んなきゃ！」

「オレも戦う！」

二人の側に寄った。

「お前らだけに任せてられるか。親玉を倒す！　あのでかいのをぶっ飛ばす！」

ニパが返事をした。

「カンノ武器ないよね。どうするつもり」

「分かってる。あとストライカーユニットも調子が悪い」

「無茶だ」

「そうだな、無茶だ」

直枝はニパの言葉にうなずきながらも、

「二人でオレを後ろから押してくれ」

「ええ？」

「久しぶりにこいつを使うときが来たぜ」

直枝は右手に力を込める。全身に魔力が膨れあがった。

ヴァルトルートが驚いていた。

「直ちゃん、なにそれ」

「半年ぶりの荒技だ！」

そして振り返り、にかっとした。

「信じてるぜ！」

二人に身体を抱えてもらった。ヴァルトルートとニパは直枝の腰をしっかりと掴む。

「いくぞ、上昇！」

体勢を立て直し、大きく上昇をする。

大型ネウロイの斜め上方に出た。小型ネウロイはラルたちとの戦闘で手一杯で、こちらについて来られない。

「いくぜ……防御魔方陣展開！」

直枝は息を吸った。

「降下！」

弾かれるようにして直枝たちは大型ネウロイに突き進んだ。

自らの前方にシールドを張る。通常の防御魔法ではない。直枝の固有魔法、圧縮式超硬度防御魔方陣。

通常はシールドを防御に使う。それを直枝はシールドを小さく圧縮して使用し、敵にぶつけるのだ。まるでガレー船の衝角のように、あらゆるものを貫通する必殺技。

欠点は前方以外が無防備になること。意識も正面にしか向かないため、他方向から攻撃されたら即昇天のあの世行き。だから滅多に使わない。だが今はラル、サーシャ、エディータたちが小型ネウロイと戦っていた。そして自らの身体はヴァルトルートとニパがしっかりと支えてくれている。

直枝は第502統合戦闘航空団のみんなが助けてくれると確信していた。だからここで使うのだ。

「でやあああああ!!」

突進する。ヴァルトルートとニパが後押しし、速力がとてつもない勢いで増していく。大型ネウロイからビームが放たれる。全てをシールドで受け止め、痛みに耐えて突き進む。

シールドが収縮し、拳と一体化した。

「剣一閃!!」

大型ネウロイの真ん中に体当たり。拳が外板を穿つ。三人は巨体にめり込む。

内部構造物を搔き分け、中にあるはずのコアへと突進する。

直枝は目を見開く。しっかりと前方を捉えている。それはヴァルトルートとニパも同じ。

敵の心臓部を捉えるまで瞬きすらしない。

あらゆるものを粉砕し、穴を開け、ひたすらに進んでいく。ネウロイの内部を破壊していく。

真っ赤な固まりが目に入った。

コアだ。あれこそがネウロイを動かしている心臓。

直枝は叫んだ。

「墜ちろ、こん畜生！」

中央を打ち抜いた。

コアが爆発する。勢いを殺さず反対側の外板を突き破って抜けた。

大型ネウロイが空中で停止。中央に穿たれた穴だけではなく、機体のあちこちから煙を噴き出していた。

やがて。

苦しげに悶えていた大型ネウロイが真っ二つになる。続けて大爆発を起こした。

オラーシャの空に、大きな花火が発生する。轟音と炎がウィッチたちの顔を照らす。

「どうだ、倒しただろ！」

「すごいな、直ちゃん！」

「やったあ！」

直枝とヴァルトルートとニパは喜びの輪を作る。そこにネウロイの破片が降るが、彼女たちは避けずに全身で浴びた。

それはまさに、歓喜の雨だった。

＊　＊　＊

戦闘は終わった。

大型ネウロイは撃墜され、残るは小型のネウロイのみ、それらもラルたちによって手早く片づけられていった。

サーシャがほっとした様相で直枝を抱きしめる。ラルはニパの頭を撫で、エディータはヴァルトルートを「自分の命を粗末にしろってことじゃないのよ！　この馬鹿伯爵！」と怒鳴りつけていた。

「よくやった」

ラルが直枝たちに言った。

「これで基地への脅威は取り除かれた。だが、私たちの到着を待たずに攻撃したのは褒められたものではない」

三人は神妙な面持ちで聞いている。

「罰として、明日から三日、格納庫の清掃をしてもらうぞ」

きょとんとしたヴァルトルートが聞き返す。

「そんなものでいいの？」

「では一週間」

「そうでなきゃ」

ヴァルトルートは妙な満足感を得ていた。

サーシャはざっと三人の様子を見た。

「かなりやられてますね。肩を貸しますから、一人ずつ私たちに摑まってください」

彼女は振り返りながら言う。

「私は管野さんを。ロスマンさんは……」

「待ってくれ」

直枝が遮った。

「オレたちだけで飛びたい。飛ばせてくれ」

サーシャが戸惑った。

「なにを言ってるんです。あなたたちはかろうじて飛んでいるだけですよ。無理をしては駄目です。私たちに任せてください」

直枝ははっきりと首を振る。

「いや。オレたちは最後まで自分の力で飛びたい」

「うん、僕も賛成」

右にいるヴァルトルートが言う。

「せっかく三人で大型ネウロイ墜としたんだ。このまま飛ぶ」

左側のニパも笑った。

「それそれ、ワタシも言いたかった。ワタシから言い出そうって思ってた」

ニパは全員に聞こえるように言う。

「このまま一緒に基地まで飛んでいこう」

その声はウィッチたちだけではなく、欧州中に届けとばかりに響いていった。

「……分かった」

じっと見ていたラルが言う。

「基地までお前たちだけで飛べ。万が一の時のために、私たちはそばにいる」

「ありがとう、隊長」

直枝は礼を言う。ラルはかすかに笑う。

「その代わり、途中で落ちたりしたら置き去りにしてやる。お前たちのおかげで予備部品がいくらあっても足りないんだ。ユニットだけを持って帰るからな」

「ちゃんと飛ぶさ！」

よたよたと、三人は夕暮れのオラーシャを飛ぶ。

その周囲をラル、エディータ、サーシャがしっかりと守っていた。

「……なあ」

直枝が呟いた。

「孝美、本当にここに来るかな」

「どうだろう。大型ネウロイ墜としたけど、僕たちは落ちすぎ、壊しすぎなんだよね」

とヴァルトルート。

「嫌がられても反論できないよ」

「だよなあ。これくらいの戦果も、他の統合戦闘航空団が挙げてるかもしれねえしなあ」

「５０１とかもエース揃(ぞろ)いだ」

「こんなボロボロの姿じゃ、新聞の一面は飾(かざ)れねえなあ」

嘆(なげ)く直枝に、ニパが慰(なぐさ)めるように言った。

「ワタシたちが相棒でいいじゃない」

直枝は即座(そくざ)に言い返す。

「いや、オレの相棒は孝美だけだ」

そしてにこりとした。

「でも、お前たちは最高だ！」

夕暮れのペテルブルグが見えてくる。静かに水をたたえたネヴァ川。その中には５０２の基地。

滑走路(かっそうろ)に誘導灯(ゆうどうとう)が灯(とも)される。整備兵たちが出てきて、手を振(ふ)っていた。

皆(みな)、大型ネウロイの撃墜(げきつい)を喜んでいた。

「かっこよく着陸を決めるぞ！」

「いいね」

「うん！」

直枝の台詞(せりふ)に、ヴァルトルートとニパが賛成する。ゆっくりと降下し、アプローチをは

じめた。

ラルたちは上空から、その光景を見守っていた。

「あいつらは、本当に手がかかる」

ラルが呟いた。横のエディータが答える。

「それこそがウィッチです」

「そうだな、まったくだ」

整備兵たちの口笛の中、三人が高度を下げていた。

「……よし、これだ」

ラルが漏らした言葉に、サーシャが目を向けた。

「なにがでしょう」

「ニックネームだ。502のニックネームをどうしようかずっと考えていたんだが……」

彼女は誇らしげに言った。

「ブレイブだ。なにがあっても仲間を助け、どのような敵を前にしても一歩も退かず、必ず生還するウィッチ。勇敢な魔女たちだ」

「いい名です」

サーシャがにこりとする。エディータは拍手をしていた。

直枝、ヴァルトルート、ニパの三人は、互いを支えながら着陸体勢に入った。

そのとき、酷使に酷使を重ねた魔導エンジンが、とうとう煙を噴いた。

激しく振動すると、異音を発しながら停止する。三人同時だった。

「うひゃーっ!!」

一斉に落っこちる。三人揃って滑走路に激突。ネヴァ川に落ちそうになりながら、かろうじて引っかかっていた。

泡を食った整備兵たちが、急いで駆け寄ってくる。見ていたラルは呆れた。

「まったく、あれではブレイクウィッチーズと呼ばれるぞ」

「それはそれで、いい名です」

サーシャが口元を押さえながら言う。

直枝、ヴァルトルート、ニパは、這いながら滑走路の真ん中に出ると、仰向けに転がった。

三人とも、腹を抱えて笑っていた。

この空戦の模様はデビーの手によって、インタビューと共に各国へと配信された。

世界の人々は、ペテルブルグの第502統合戦闘航空団のことを知り、むさぼるように記事を読んだ。
オラーシャの大地で起こる、戦いがここにある。
それはブレイブウィッチーズによる、伝説の幕開けであった。

ХРАБРЫЕ ВЕДЬМЫ
ПРИКВЕЛ
Симада Хумикане & Projekt World Witches

Симада Хумикане КОММЕНТАРИЙ

502JFW·ブレイブウィッチーズは、501以外の部隊ではかなり早くから
キャラクターのデザインや設定が決まっていました。
その一方、将来メディア展開出来たらとの思いから、メンバーを9人とし、
将来的に新キャラを入れる余地も残しておきました。

今回のノベルでは、そういう502の「決まっている所(イメージ)とアニメ以降」の
橋渡しとして、初見の方はもちろん、アニメ以前からこの部隊を追ってくれていた
ファンの皆さんにも楽しんでいただけるものになっていると思います。

島田フミカネ

あとがき
ПОСЛЕСЛОВИЕ

ХРАБРЫЕ ВЕДЬМЫ ПРИКВЕЛ
Симада Хумикане & Projekt World Witches

築地と申します。スニーカー文庫には『放課後のダンジョンにほまれはよみがえる魔物を見た』以来の登場となります。このたび縁あって、『ブレイブウィッチーズ』のノベライズをやらせてもらうことになりました。どうぞよろしくお願いします。

ちょっと昔話をします。学生の頃はガンプラからスケールモデルの道を辿り、ちまちまウォーゲームをおこなうという中途半端なモデラーでした。エースパイロットといえば坂井三郎しかしらないほどのにわかっぷりでしたが、酣燈社から発刊された「第2次大戦世界の戦闘機隊」という本と出会います。

私はここに書かれている世界のエース列伝に目を奪われました。「こんな国にもエースがいた」という当たり前だけどはじめて知る事実に衝撃を受け、何度も読み返し、彼らがどのように飛んでいたのか、想像を巡らせていたのです。

それからン十年、まさか自分がエースパイロットをモチーフにしたコンテンツに関(かか)わるとは思ってもみませんでした。各国のエースが手を取り合って強大な敵と戦うのは、まさに学生のころ夢見た展開です。あのころの興奮が甦(よみがえ)ってくるようで、我が身の幸せを噛(か)みしめています。

「ブレイブウィッチーズ　Prequel(プリクエル)　オラーシャの大地」はそんな興奮と共に書き上げました。実在のエースたちに負けず劣(おと)らず個性的なウィッチを描写(びょうしゃ)するのは大変でしたが、幸福な時間でもありました。

このノベライズはシリーズとしてまだまだ続きます。これからもたくさんのウィッチを登場させたいと考えておりますので、どうかお付き合いください。

本作の執筆(しっぴつ)ですが、ストライクウィッチーズシリーズのアニメ、コミックス、小説、オフィシャルファンブック、島田(しまだ)フミカネ先生の画集「THE　WORLD　WITCHES」、第五〇一統合戦闘航空団要略増補記録集等を参考にしつつ、アニメ「ブレイブウィッチーズ」の設定になるべく寄せるようにしました。特に登場人物の人称(にんしょう)はアニメから提供していただいた呼称(こしょう)表によっています。京極(きょうごく)しん先生の「ストライクウィッチーズ　オーロラの魔女(まじょ)」で「私」を使っているニパが「ワタシ」になっているのはそのためです。

極力矛盾をなくすように努めましたが、なおも不一致が生じるのであれば、その責は筆者に帰するものです。

最後になりましたが、お忙しい中、本文イラストをつけていただいた櫛灘ゐるゑ先生、原稿の確認と細かい質問にも丁寧に回答してくださった島田フミカネ先生、担当編集の宮川夏樹氏に御礼申し上げます。そして「ストライクウィッチーズ　スオムスいらん子中隊」シリーズの作者、故ヤマグチノボル君に本書を捧げます。

二〇一六年九月三〇日　築地俊彦

ХРАБРЫЕ ВЕДЬМЫ ПРИКВЕЛ

Симада Хумикане & Projekt World Witches

Вируе Кусинада КОММЕНТАРИЙ

島田フミカネ先生&築地俊彦先生

「ブレイブウィッチーズPrequel」発売

おめでとうございます。

挿絵担当の櫛灘ゐるゑでした。

またどこかでお会いしましょう!!

櫛灘ゐるゑ

ブレイブウィッチーズPrequel（プリクエル）
オラーシャの大地（だいち）

原作　島田（しまだ）フミカネ＆Projekt（プロイエクト） World（ワールド） Witches（ウイッチーズ）
著　築地俊彦（つきじとしひこ）

角川スニーカー文庫　20031

2016年11月1日　初版発行

発行者　三坂泰二

発　行　株式会社KADOKAWA
〒102-8177 東京都千代田区富士見2-13-3
電話　0570-002-301（カスタマーサポート・ナビダイヤル）
受付時間　9:00～17:00（土日 祝日 年末年始を除く）
http://www.kadokawa.co.jp/

印刷所　株式会社暁印刷
製本所　株式会社ビルディング・ブックセンター

Printed in Japan　ISBN 978-4-04-104730-9　C0193

★ご意見、ご感想をお送りください★
〒102-8078 東京都千代田区富士見 1-8-19
株式会社KADOKAWA　角川スニーカー文庫編集部気付
「築地俊彦」先生
「島田フミカネ」先生／「櫛灘ゐるゑ」先生

角川文庫発刊に際して

角　川　源　義

第二次世界大戦の敗北は、軍事力の敗北であった以上に、私たちの若い文化力の敗退であった。私たちの文化が戦争に対して如何に無力であり、単なるあだ花に過ぎなかったかを、私たちは身を以て体験し痛感した。西洋近代文化の摂取にとって、明治以後八十年の歳月は決して短かすぎたとは言えない。にもかかわらず、近代文化の伝統を確立し、自由な批判と柔軟な良識に富む文化層として自らを形成することに私たちは失敗して来た。そしてこれは、各層への文化の普及滲透を任務とする出版人の責任でもあった。

一九四五年以来、私たちは再び振出しに戻り、第一歩から踏み出すことを余儀なくされた。これは大きな不幸ではあるが、反面、これまでの混沌・未熟・歪曲の中にあった我が国の文化に秩序と確たる基礎を齎らすためには絶好の機会でもある。角川書店は、このような祖国の文化的危機にあたり、微力をも顧みず再建の礎石たるべき抱負と決意とをもって出発したが、ここに創立以来の念願を果すべく角川文庫を発刊する。これまで刊行されたあらゆる全集叢書文庫類の長所と短所とを検討し、古今東西の不朽の典籍を、良心的編集のもとに、廉価に、そして書架にふさわしい美本として、多くのひとびとに提供しようとする。しかし私たちは徒らに百科全書的な知識のジレッタントを作ることを目的とせず、あくまで祖国の文化に秩序と再建への道を示し、この文庫を角川書店の栄ある事業として、今後永久に継続発展せしめ、学芸と教養との殿堂として大成せんことを期したい。多くの読書子の愛情ある忠言と支持とによって、この希望と抱負とを完遂せしめられんことを願う。

一九四九年五月三日

自動販売機に生まれ変わった俺は迷宮を彷徨う
Author
昼熊
Illustration
加藤いつわ
異世界で始まる
"自動販売機"の
大冒険!!
「小説家になろう」ランキング
第1位
(日間、週間、月間)
ど、どうやら俺は自動販売機に転生してしまったらしい……! 扱う言語を制限され、動く事も出来ない状況でダンジョンを生き抜く事は出来るのか!? Web小説で話題沸騰の新感覚迷宮ファンタジー、開幕!
スニーカー文庫